KB250664

삼국유사

일연 지음

일석이조 우리고전 읽기

홍신문화사

● 머리말 ●

돌 하나를 던져 새 두 마리를 잡고, 마당 쓸고 동전 줍고, 도랑 치고 가재 잡고……. 모두 한 가지 일을 하여 두 가지 이득을 얻을 때 쓰는 말이다.

고전에, 한자에, 게다가 논술까지 공부할 수 있다면, 이는 일석이조가 아니라 일석삼조가 된다.

두 사람이 바둑을 둘 경우, 바로 앞의 수를 보는 사람보다는 한두 수 앞, 아니 그보다 더 멀리 내다보고 돌을 놓는 사람이 훨씬 유리하게 마련이다. 그런 의미에서 고전이나 한자나 논술이나 세 가지 모두 먼 장래를 내다본 포석이라고 할 수 있다. 당장 눈앞에 보이는 성과기 없어도, 꾸준히 공부하다 보면 그것이 내공이 되어 결정적일 때 큰 힘이 될 것이다.

국어사전에서 '고전'이라는 말을 찾아보면 '역사적으로 널리 인정되는 훌륭한 작품이나 저서'라고 풀이되어 있다. 고전 읽기의 필요성은 아무리 강조해도 지나치지 않다. 고전은 그 작품이 나온 시대를 대표하는 것으로서, 옛것을 들어 새것을 아는 데 고전 읽기보다 더 좋은 방법은 없다.

아무리 시간이 많이 흘러도 고전이 그 가치를 잃지 않는 이유는 그 속에 어떤 해답이 들어 있기 때문이 아니다. 고전의 참된 가치는 우리가 살아가는 데 반드시 알아야 할 삶의 문제에 가까워질 수 있도록 그 길을 열어 주는 것이다.

우리 고전에는 우리가 알고 있는 것보다 훨씬 다양하고 많은 작품들이 있다. 조선시대에 접어들면서 나타나기 시작한 소설만 하더라도 거의 4백여 편에 이른다. 이 '일석이조, 우리 고전 읽기' 시리즈에서는 그 가운데 가장 널리 알려지고 '영원히 읽을 만한 가치가 있는' 작품, 그러면서도 재미라는 요소를 빼놓지 않고 갖춘 작품을 골랐다.

우리말의 8할 이상은 한자어로 이루어져 있다. 그만큼 한자는 우리 문화와 역사 속에 깊이 뿌리를 내리고 있다. 그러나 암기 위주의 한자 공부는 오히려 한자에 대한 관심과 흥미를 떨어뜨려, 한자를 싫어하고 기피하는 현상을 초래할 수 있다.

이 '일석이조, 우리 고전 읽기'에서는 누구나 재미있게 한자 공부를 할 수 있도록 잘 알려진 고전에 한자를 삽입하여, 고전을 읽는 가운데 자연스럽게 한자를 익히게 했다.

거기에다가, 앞서 읽은 작품의 내용을 되짚어보고 여러 면으로 다양하게 생각해 보는 논술로 고전 읽기를 확실하게 마무리하도록 했다. 이와 같은 논술 공부는 장래 대학입시, 더 나아가서는 사회 진출을 위한 입사시험을 보는 데도 도움이 될 것이다. 지금부터 착실하게 기초를 다진다면, 발등에 불이 떨어진 후에 논술 과외를 하는 등 시행착오를 겪지 않아도 될 것이다.

꿈은 이루어진다고 했다. 고전의 달인, 한자의 명수, 논술의 영웅을 꿈꾸며 이 책의 첫 장을 넘겨 보라.

● 이 책의 특징 및 구성 ●

❶ 이 시리즈는 고전 중에서도 초·중·고 교과서에 수록된 작품, 그중에서도 지루하지 않고 재미있는 작품을 우선적으로 골라 엮었다.

❷ 한자는 8급부터 3급에 해당하는 1,817자 가운데(중학생용 한자 900자 포함) 각 권당 기본한자 22~24자, 단어 100여 개를 실어, 책 한 권을 읽고 나면 최소 200자 정도의 한자를 익힐 수 있게 했다.

❸ 본문 중 어려운 낱말은 주를 달아 각 면 아래쪽에 풀이해 놓았다.

❹ 본문 중 기본한자에 해당하는 말은 광수체(예 : 다스림), 한자 단어 및 한자에 해당하는 말은 고딕체(예 : 도읍)로 하고, 본문과 색깔을 달리하여 쉽게 구별할 수 있게 했다.

❺ 각 단원마다 두 면을 할애하여, 한 면에는 '핵심+'리 히여 작품의 구성, 내용, 저자, 시대적 배경 등 작품에 관계된 전반적인 사항을 다루고, 다른 한 면에는 본문 가운데 알아둘 필요가 있는 인명, 지명, 단어 등을 '알아두면 힘이 되는 상식'으로 풀이했다.
'호락호락 한자노트'로 각 면당 기본한자를 한 자씩 다루어, 부수, 총획수, 필순, 관련 단어, 사자성어, 파자, 속담 등 그 한자에 대한 모든 것을 한눈에 알 수 있게 했다.

❻ 책 말미 '부록'에서는 내용 되짚어보기, 논술로 생각 키우기, 한자능력 검정시험 예상문제 등으로 작품에 대한 완벽한 이해와 함께 한자 실력 향상을 도모할 수 있도록 했다.

삼국유사 차례

✻ 웅녀의 아들, 단군

먼 옛날, 천상의 세계를 다스리는 상제(환인)의 여러 아들 중에 환웅이 있었다. 환웅은 늘 지상을 내려다보며 인간 세상을 다스려 보고 싶은 꿈을 가졌다.

아버지 환인은 아들의 속마음을 짐작하고 어디로 보낼까 하고 지상 이곳저곳을 살펴보았다. 아름답게 펼쳐진 산과 강과 기름진 들판, 바로 *삼위태백산이야말로 가히 인간에게 큰 이로움을 줄 만한 곳이라 생각되었다. 그는 곧 아들 환웅을 불러서 일렀다.

"여기 지상을 다스릴 직권을 가진 자에게 주는 *천부인 세 개가 있다. 너는 이것을 가지고 내려가 널리 인간을 다스려 이롭게 하라."

그리하여 환웅은 천상의 무리 3천 명을 거느리고 태백산 꼭대기에 있는 신단수 아래로 내려왔다. 그는 그곳을 도읍으로 삼고 신시라 이름 지었다. 이 신시를 연 환웅이 곧 환웅천황이다. 그는 바람의 신, 비의 신, 구름의 신을 거느리고 농사, 인간의 생명과 질병, 형벌, 선악 등 360여 가지의 일을 주관하여 인간 세상을 다스렸다.

都 邑
도읍도 고을읍
5급 12획 7급 7획

• 삼위태백산(三危太白山) : 삼위는 세 개의 높은 산을 뜻하며, 그중 하나가 태백산이라는 말.

• 천부인(天符印) : 옛날 조정과 지방의 관원이 나누어 가져 신표로 삼는 물건을 '부인'이라 하는데, 그것이 하늘의 것이기 때문에 천부인이라 했다. 신령함을 나타내는 표적이라 볼 수 있다.

그 무렵, 깊은 산 속 어느 동굴에 곰 한 마리와 범 한 마리가 살고 있었다. 이들은 신웅, 곧 환웅천황에게 와서 사람이 되게 해 달라고 빌었다. 그 정성에 감동한 환웅은 마침내 그들에게 신령한 쑥 한 줌과 마늘 스무 개를 주면서 말했다.

"이것을 먹고 백 일 동안 햇빛을 보지 않으면 소원대로 사람이 될 것이다."

그때부터 곰과 범은 햇빛이 들지 않는 동굴 속에서 쑥과 마늘만 먹으며 살았다. 그러나 성질 급한 범은 얼마 안 되어 동굴을 뛰쳐나가 버리고, 곰만 홀로 어두운 동굴 속에 남아 견디었다.

그와 같이 견딘 지 21일째 되는 날, 마침내 곰은 사람, 그 중에서도 여자로 탈바꿈했다. 곰에서 탈바꿈한 여인, 즉 웅녀에게는 또 한 가지 소원이 있었다. 아기를 갖고 싶었던 것이다. 그러나 배필이 될 만한 사람이 없었으므로, 웅녀는 날마다 신단수 아래에 와서 아기를 갖게 해 달라고 빌었다. 간절하게 비는 웅녀의 정성에 감동한 환웅은 잠시 사람으로 변하여 그녀와 혼인했다. 뒤에 웅녀는 소원대로 아들을 낳았는데, 그가 바로 단군왕검이다.

단군왕검은 나라를 열었다. 평양성에 도읍을 정하고 나

感 動
느낄감 움직일동
6급 13획 7급 11획

라 이름을 조선이라 했다. 이때는 중국의 요임금이 즉위한
지 50년째 되는 경인년의 일이었다.

　뒤에 단군왕검은 도읍을 백악산 아사달로 옮겼다. 그곳
은 궁홀산 또는 금미달이라고 하기도 한다. 단군왕검은 거
기서 1천5백 년 동안 나라를 다스렸다.

　중국 주나라의 무왕은 은나라를 멸하고 왕위에 올라, 그
해에 은 왕조의 후예인 기자를 조선의 제후로 세웠다. 그
러자 단군은 황해도 구월산 아래 장당경으로 옮겼다가, 뒤
에 다시 아사달로 돌아가 은거하여 산신이 되었다. 그때 단
군의 나이는 1천9백8세였다.

　위의 이야기는 《단고고기》에 전해 오는 것이다.

✳ 해모수왕부터 금와왕까지

　기원전 59년 4월 9일, 천제의 아들이 다섯 마리의 용이
끄는 수레를 타고 홀승골성에 내려와 도읍을 정하고 나라
를 세웠다. 천제의 아들은 국호를 북부여라 하고, 스스로

朝　鮮
아침조　고울선
6급 12획　5급 17획

해모수라 일컬었다.

그뒤 해모수왕은 아들을 낳았는데, 부루라 이름을 짓고 '해'를 성으로 삼았다.

해모수왕에 이어 해부루왕이 북부여를 다스릴 때였다.

어느 날, 재상 아란불의 꿈에 천제가 나타나 말했다.

"장차 나의 자손으로 하여금 이곳에 나라를 세우게 하려 하니 너희는 다른 곳으로 가거라. 동쪽 바닷가에 가면 가섭 원이라는 곳이 있다. 가섭원은 땅이 기름져서 왕도를 정할 만한 곳이다."

잠을 깬 아란불은 해부루왕에게 권하여 왕도를 가섭원으로 옮기고, 국호를 동부여로 바꾸었다.

그뒤 북부여를 계승하여 동명성제가 일어나 졸본주에 도읍을 정하고 졸본부여라 하니, 곧 고구려 왕조의 시작이다.

始 作
비로소시 지을작
6급 8획 6급 7획

해부루왕은 늙도록 아들을 얻지 못했다.

어느 날, 왕은 신하들을 거느리고 나가 산천에 제사를 지내며 아들 얻기를 기원했다. 그런데 그날 돌아가는 길에 왕이 탄 말이 곤연이라는 큰 못 앞에 이르자 커다란 돌을 마주 보고 눈물을 흘리며 움직이지 않았다.

이상하게 여긴 해부루왕이 신하들에게 명해 그 돌을 굴려 치우게 했다. 그랬더니 그곳에는 황금빛 살갗에 개구리처럼 생긴 사내아이가 있었다.

해부루왕은 기뻐서 소리쳤다.

"하늘이 내 기도를 들어 아들을 주셨구나!"

그리고 해부루왕은 그 이상하게 생긴 사내아이를 데려다가 길렀다. 모습이 마치 금개구리와 같다 하여 이름을 금와라 지었다.

太 子
클태 아들자
6급 4획 7급 3획

금와가 자라자 해부루왕은 그를 태자로 삼았다. 몇 해 뒤 해부루왕이 세상을 뜨자 금와가 그 뒤를 이어 왕이 되었다.

금와왕은 태자 대소에게 그 왕위를 전했으나, 중국의 왕망 15년에 고구려의 무휼왕이 쳐들어와 대소왕을 죽이고 동부여를 정복했다. 그로써 동부여는 멸망했다.

❋ 주몽, 알에서 나오다

고구려의 시조는 동명성제로서 그의 성은 고씨요, 이름은 주몽이다.

해부루왕의 뒤를 이어 왕위에 오른 금와왕은, 어느 날 태백산 남쪽에 있는 우발수를 지나다가 아름다운 한 젊은 여인을 만났다.

금와왕은 그 여인에게 가까이 다가가서 물었다.

"웬 여자이기에 이런 곳에 있는가?"

왕의 물음에 그 여인이 대답했다.

"저는 본시 물의 신 하백의 딸로, 이름은 유화입니다. 어느 날 동생들과 함께 나들이를 갔다가 한 남자를 만났어요. 그는 천제의 아들 해모수라고 하면서 저를 꾀어, 웅신산 아래 압록강가에 있는 어느 집으로 데리고 들어갔어요. 그 집에서 저는 그와 정을 통했지요. 그런 다음 그는 훌쩍 떠나가더니 영영 돌아오지 않았어요. 부모님은 중매도 거치지 않고 낯선 남자에게 함부로 몸을 맡겼다고 심하게 꾸짖으셨어요. 그래서 마침내 이곳으로 귀양을 오게 되었지요."

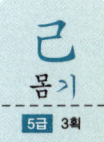

己
몸기
5급 3획

유화의 말을 듣고 금와왕은 보통 사람은 아니라는 생각이 들어, 그녀를 궁으로 데리고 와서 햇빛이 들지 않는 *어두운* 방에 가두었다. 그런데 이상하게도 그 방으로 햇빛이 들어오더니 유화의 몸을 비추는 것이었다. 유화가 몸을 움직여 피하면 햇빛은 그녀를 계속 따라다니며 비추었다. 놀랍게도 유화는 차츰 배가 불러 오더니 마침내 잉태하게 되었다.

얼마 후, 유화는 닷 되들이 크기만한 알 하나를 낳았다. 금와왕은 사람이 알을 낳은 것이 꺼림칙하여 내다버리게 했다. 시종들은 그 알을 개와 돼지에게 던져 주었지만 먹으려 하지 않았다. 이번에는 말과 소들이 다니는 길바닥에 내던졌다. 그러나 말과 소들은 그 알을 밟지 않고 피해 지나갔다. 할 수 없이 다시 들판에 갖다 버렸더니, 이번에는 새와 짐승들이 와서 그 알을 날개와 몸으로 덮어 보호했다.

保 護
지킬보 도울호
4급 9획 4급 21획

왕은 그 알을 도로 가져다가 깨뜨려 버리려 했다. 그러나 얼마나 단단한지 깨뜨릴 수가 없었다. 비로소 사람의 힘으로 안 되는 것을 깨닫고 유화에게 돌려주었다.

유화는 알을 잘 감싸 따뜻하게 보호했다. 이윽고 사내아이 하나가 그 껍데기를 깨고 나왔다. 아이는 골격이며 외모가 남달리 영특하고 기이했다. 일곱 살밖에 안 되어 벌써 제 손으로 활을 만들어 쏘는데 그것이 백발백중이었다. 그때 동부여에서는 활 잘 쏘는 사람을 주몽이라 했다. 그래서 그 아이는 자연히 주몽이라 불리게 되었다.

弓
활 궁
3급 3획

금와왕에게는 일곱 왕자가 있었다. 그들은 언제나 주몽과 함께 활도 쏘고 말도 타며 놀았다. 그러나 그 누구도 주몽의 재주를 따를 수가 없었다.

주몽을 시기한 태자 대소가 왕에게 아뢰었다.

"주몽은 본래 사람의 정기로 태어나지 않았습니다. 빨리 처치하지 않는다면 후환이 있을 것입니다."

금와왕은 대소의 말대로 죽이는 대신 주몽을 마구간에서 일하게 했다.

주몽은 대소의 무리가 있는 한 자신의 신상이 안전하지 못함을 알고 앞날에 대비했다. 말을 볼 줄 아는 주몽은 품

종이 좋은 말에게는 먹이를 적게 주어 야위게 만들고, 굼뜬 말은 잘 먹여 살찌게 만들었다. 그러자 왕은 보기 좋게 살찐 말은 자신이 타고 여윈 놈은 주몽에게 주었다.

그때 주몽에게는 오이, 마리, 협보 등 충실한 부하이자 믿음직스러운 벗이 있었다. 주몽은 그들과 부지런히 무예를 연마했다.

대소를 비롯한 여러 왕자들과 그 신하들은 주몽의 성장을 두려워하여 해치기로 모의했다. 그 낌새를 알아챈 유화부인은 몰래 주몽을 불러 일렀다.

"이 나라 사람들이 너를 해치려 하니, 빨리 이곳을 벗어나는 것이 좋겠다. 너의 재주와 계략이라면 어디 간들 뜻을 이루지 못하겠느냐."

어머니 유화부인과 눈물로 작별한 주몽은 세 사람과 함께 서둘러 동부여 땅을 떠났다. 물론 그 동안 길들여 둔 준마를 타고 갔다.

그들이 탈출한 것을 안 대소 등 일곱 왕자는 곧바로 말을 달려 추격해 왔다. 주몽 일행은 엄수에 이르렀다. 추격자들의 말발굽 소리는 가까워 오는데 앞을 가로막은 검푸른 강물을 건널 길은 막연했다.

一 行
한일 다닐행
8급 1획 6급 6획

주몽은 앞으로 나서며 강물을 향해 크게 소리쳤다.

"나는 천제의 아들이요, 하백의 외손이다. 오늘 화를 피해 도망하는 길인데, 추격하는 자들이 바로 뒤에 다가왔으니 이 일을 어찌하면 좋겠는가?"

주몽의 말이 끝나기가 무섭게 수많은 물고기와 자라들이 물 위로 새까맣게 떠올랐다. 그리고 서로의 몸을 이어 순식간에 다리를 만들었다. 주몽 일행은 그 다리 위를 달려 강을 건넜다. 그 뒤 물고기와 자라들은 곧 물 속으로 자취를 감추었고, 추격하던 무리들은 강물을 내려다보며 발만 동동 굴렀다.

徒
무리도
4급 10획

가까스로 추격을 따돌린 주몽 일행은 마침내 졸본주에 도착했다. 주몽은 그곳을 도읍으로 정하고 미처 궁궐을 지을 사이도 없이 비류수 근처에 초막을 지어 거처로 삼았다. 그런 다음, 나라 이름을 고구려, 자신의 성을 고씨로 정했다.

이때가 기원전 37년으로 주몽의 나이 열두 살이었다.

핵심⁺ 《삼국유사》와 《삼국사기》

일연의 《삼국유사》는 김부식의 《삼국사기》와 더불어 현존하는 가장 오래된 역사서로, 우리나라 고대 역사와 문학 연구에 귀중한 자료가 되고 있다. 《삼국유사》는 일연 한 사람의 손으로 쓰여져 김부식을 비롯한 11명의 사관이 쓴 정사인 《삼국사기》와는 달리 야사에 속한다. 하지만 《삼국사기》에 빠져 있는 고조선·부여·가야 등의 역사, 특히 '단군신화'를 기록한 최초의 책이라는 점에서 큰 의의를 갖고 있다.

好樂好樂 한자 노트

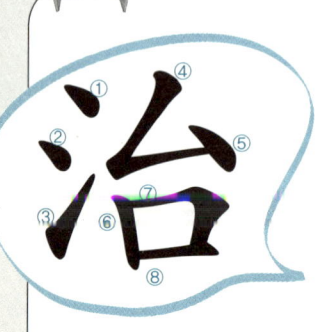

다스릴 치 │ 총 8획 │ 부수 水 │ 4급
물(氵)을 기쁜(台) 마음으로 먹을 수 있게 한다는 뜻이다.

治療(치료) : 병이나 상처 따위를 잘 다스려 낫게 함.
治水(치수) : 수리 시설을 잘해서 홍수나 가뭄의 피해를 막음.
政治(정치) : 나라를 다스리는 일.
退治(퇴치) : 물리쳐서 아주 없애 버림.

놀며 배우는 파자놀이

해가 세 개 모이면 무슨 글자가 될까?

≫ 해에 해당하는 한자는 일(日)이니, 日이 세 개 모이면 수정 정(晶)이 된다.

단군신화나 고조선이 세워진 사실을 기록한 가장 오래된 책이다. 조선시대의
《세종실록》 '지리지 평양조'에 《단군고기》라는 책명이 인용되어 있으나, 현재는
전하지 않는다. 《삼국유사》 '기이편'에 단군신화를 다루면서 《단군고기》를 인용
했다.

어두울암 | 총 13획 | 부수 日 | 4급
해(日)가 지고 소리(音)만 들리니, 어둡다는 뜻이다.

暗記(암기) : 외워 잊지 아니함.
暗算(암산) : 필기 도구나 계산기 등을 쓰지
　　　　　 않고 머릿속으로 계산함.
暗去來(암거래) : 법을 어기면서 몰래 물건
　　　　　 을 사고파는 일.
明暗(명암) : 밝음과 어두움을 통틀어 이르
　　　　　 는 말.

내가 찾은 속담

어두운 밤에 눈 깜짝이기

　≫　남이 보지 않는 곳에서 아무리 애써 일을 해도 보람이 없다는 말.

✳ 혁거세와 알영

옛날 진한 땅에는 여섯 마을이 있었다.

기원전 69년 3월 초하룻날, 여섯 마을의 촌장들이 제각기 자제들을 데리고 알천 둑 위에 모여 의논을 했다.

"지금 우리에게는 위에 군림하며 백성을 다스릴 임금이 없소. 그러다 보니 백성들은 모두 법도를 모르고 제멋대로 행동하여 질서가 잡히지 않고 있소. 하루바삐 덕 있는 사람을 찾아 임금으로 모시고, 나라를 세우고 도읍을 정하도록 합시다."

그리하여 그들은 높은 산에 올라 사방을 둘러보았다. 그때 마침 그곳에서 남쪽으로 얼마 떨어지지 않은 양산 기슭에 이상한 기운이 번개처럼 땅에 비치더니, 흰 말 한 마리가 무릎을 꿇고 절하는 모습을 하고 있었다. 사람들은 그리로 달려갔다. 그 흰 말 앞에는 자줏빛의 큰 알 하나가 놓여 있었다. 말은 사람들을 보더니 길게 소리쳐 울며 하늘로 올라갔다.

사람들은 그 알을 조심스럽게 깨어 보았다. 알 속에서는 생김새가 단정하고 아름다운 사내아이가 나왔다. 모두 놀

氣 運
기운기 운전할운
7급 10획 6급 13획

랍고 신기해하며 그 아이를 동천에 데려가 목욕시켰다. 목욕을 하고 난 아이의 몸에서는 광채가 났다. 새와 짐승들이 모여 춤을 추고, 천지가 진동하고, 해와 달이 청명하게 빛났다. 그래서 그 아이의 이름을 혁거세왕이라 했는데, 이는 세상을 밝게 다스린다는 뜻이다.

혁거세왕은 스스로를 '알지거서간'이라 했다. 그때부터 임금의 존칭을 '거슬한' 또는 '거서간'이라 하게 되었다.

여섯 마을 사람들은 하늘이 자신들의 소원을 들어 임금님을 내려준 것을 소리 높여 칭송했다. 그리고 다 같이 입을 모아 말했다.

"이제 천자님이 세상에 내려왔으니, 덕 있는 분을 찾아 배필을 정할 일만 남았구나."

바로 그날, 사량리의 알영 우물가에 계룡 한 마리가 나타나 왼쪽 옆구리로 한 여자아이를 낳았다. 그 아이는 자태가 매우 고왔으나, 입술은 마치 닭의 부리처럼 생겼다. 사람들은 그 아이를 데리고 월성 북쪽에 있는 시내로 데리고 가서 목욕을 시켰다. 그런데 목욕을 끝내고 보니 그 부리가 빠지면서 앵두같이 예쁜 사람의 입술이 드러났다. 부리가 빠졌다 하여 그때부터 그 시내를 발천이라 불렀다.

浴
목욕할욕
5급 10획

남산 서쪽 기슭에 궁궐을 짓고 하늘이 내린 신령한 두 아이를 **받들어** 길렀다. 사내아이는 알에서 나왔고 그 알이 마치 박처럼 생겼다 하여 성을 '박'이라 했다. 또 여자아이는 그가 나온 우물의 이름을 따서 '알영'이라고 했다.

두 신령한 아이가 자라 열세 살이 된 기원전 57년, 혁거세는 왕으로 추대되고 알영은 왕후가 되었다. 그리고 나라 이름을 서라벌 또는 서벌이라 했다. 더러는 사라 또는 사로라고도 했다. 처음 왕후가 계정에서 났기 때문에 계림국이라고도 했는데, 이는 계림이 상서로움을 나타내기 때문이다. 일설에는 탈해왕 때 김알지를 얻으면서 숲속에서 닭이 울었기 때문에 나라 이름을 계림으로 고쳤다고도 한다. '신라'라는 이름이 정해진 것은 후대의 일이다.

一 說
한일 말씀설
8급 1획　5급 14획

나라를 다스린 지 61년, 혁거세왕은 홀연히 하늘로 올라갔다. 그 이레 뒤에 왕의 유체가 땅에 흩어져 떨어졌으며, 이때 알영 왕후도 따라 죽었다.

백성들이 그 흩어져 내린 왕의 유체를 수습하여 장사지내려 했더니 커다란 구렁이 한 마리가 못하도록 방해했다. 어쩔 수 없이 다섯 부분으로 흩어진 그대로 각기 따로 능을 만들었다. 다섯 개의 능이라 하여 '오능'이라 하기도 하고, 구렁이와 관련된 능이라 하여 '사능'이라고도 했다. 담엄사 북쪽에 있는 능이 바로 그것이다.

혁거세왕의 뒤를 이어 남해왕이 왕위에 올랐다.

❈ 용성국의 왕자, 탈해왕

남해왕 때의 일이다.

어느 날, 가락국 앞바다에 배 한 척이 와서 정박했다. 그 나라의 수로왕이 신하와 백성들을 이끌고 북을 울리면서 나아가 맞이했다. 그러나 수로왕이 그 배를 자기 나라에 머물게 하려 하자, 배는 곧 쏜살같이 달아나 신라 동쪽 하서지촌 아진포 앞바다에 닿았다.

百 姓
일백백 성성
7급 6획 7급 8획

아진포 갯가에는 아진의선이라는 노파가 살고 있었다. 그녀는 혁거세왕에게 해산물을 바치던 고기잡이 어미였다. 노파는 어느 날 바다 쪽에서 들려오는 난데없는 까치들의 지저귐에 놀랐다.

"이 바다에는 까치들이 모여들 만한 바위라고는 없는데 웬일일까?"

이상하게 생각한 노파는 곧 배를 저어 까치들이 지저귀는 곳으로 가까이 가 보았다. 까치들은 한 배 위에 모여 지저귀고 있었다. 그 배 안을 살펴보니, 한가운데 궤 한 개가 놓여 있었다. 길이 스무 자에 넓이 열석 자쯤 되는 궤였다.

노파는 배를 끌어다가 갯가 수풀 아래 매어 놓았다. 궤 안에 무엇이 들어 있는지 궁금하기 짝이 없었지만, 혹시 흉한 일이 일어날까 싶어 열까 말까 망설였다.

이윽고 호기심을 참을 수 없게 된 노파는 하늘에 기도하고 비로소 궤를 열어 보았다. 놀랍게도 궤 안에는 단정하게 생긴 사내아이가 일곱 가지 보배를 품에 안고 노예들을 거느린 채 앉아 있었다.

노파는 그들을 집으로 데리고 가서 정성껏 대접했다. 그러나 사내아이는 좀처럼 자신이 누구이며 어디에서 왔는지 말하지 않았다.

노파의 집에 머물면서 대접을 받은 지 이레째 되는 날 아침, 비로소 아이는 입을 열었다.

"저는 본래 바다 건너 *용성국의 왕자입니다. 우리나라에는 일찍이 스물여덟 용왕님들이 있었습니다. 그 용왕님들은 온 백성을 정직하게 살도록 교화하고 다스려 왔답니

• 용성국(龍城國) : 왜국(倭國) 동북쪽 1천 리 지점에 있는 나라. 정명국 또는 완하국이라고도 한다.

다. 그들은 모두 사람의 형상으로 태어나서 대여섯 살이 되면 왕위를 이어받아 나라를 다스리셨지요.

저의 아버지는 함달파왕이고, 어머니는 적녀국의 공주였습니다. 어머니는 오래도록 왕자를 낳지 못하셨지요. 대가 끊길까 걱정하시던 어머니는 왕자를 낳게 해 달라고 기도를 드렸답니다. 마침내 7년 기도 끝에 아기를 가졌지만, 낳은 것은 사람이 아닌 커다란 한 개의 알이었어요.

아버지 함달파왕은 이 괴이한 일을 놓고 신하들과 의논을 했지요. 모두들 사람이 알을 낳는 것은 고금에 없는 일로 좋은 징조가 아니라는 의견이었습니다. 이렇게 되니 아버지로서도 어쩔 수 없어, 커다란 궤를 만들고 그 속에 아직 알에서 깨어나지 못한 나와 나를 모실 노예들, 그리고 일곱 가지 보배를 넣어 배에 실어 바다에 띄웠답니다. 그러면서 아버지와 어머니는 부디 인연 있는 땅에 닿아 나라를 세우고 가문을 일으키라고 빌었지요. 배가 용성국을 떠날 때부터 붉은 용 한 마리가 나타나 여기까지 호위해 왔답니다."

말을 마친 그 용성국의 왕자는 두 명의 노예를 데리고 토함산으로 올라갔다. 그는 산마루터기에 돌집을 짓고 이레 동안 머물면서 성 안에 자기가 살 만한 곳이 있는지 살펴보

論
논할 론
4급 15획

았다. 그중 초승달처럼 생긴 언덕이 오래도록 길운을 누릴 지세로 보였다.

곧 서라벌 성 안으로 들어가 그곳을 찾아갔으나, 이미 그 터에는 호공이라는 사람이 살고 있었다. 왕자는 어떻게 해서든 그 터를 차지하고 싶어 한 가지 꾀를 냈다. 그날 밤 노예를 시켜서 호공의 집 주위에 몰래 숫돌과 숯부스러기를 묻어 둔 왕자는 다음날 아침 일찍 호공을 찾아갔다.

왕자는 호공을 보자마자 대뜸 우겼다.

"이 집은 우리 조상이 살던 집이오."

호공은 펄쩍 뛰며 그럴 리가 없다고 부인했다.

서로 자기 집이라며 한참을 다투었지만 결론이 안 나자, 결국 관가에 판결을 맡기기로 했다.

판결을 맡은 관원이 왕자에게 물었다.

"무슨 근거로 네 집이라 하느냐?"

일이 생각대로 되자 왕자는 내심 미소를 지었다.

"우리 조상은 대대로 대장장이였습니다. 얼마 동안 다른 곳에서 살다 와 보니 저 사람이 차지해 살고 있지 않겠어요? 그 집 주위를 파 보면 제 말이 사실임을 알게 될 것입니다."

判 決
판단할판 결단할결
4급 7획　5급 7획

판결을 맡은 관원은 왕자의 말에 따라 호공의 집 주변을 파헤쳐 보았다. 과연 숫돌과 숯부스러기가 나오니, 대장간 터였다는 말이 사실 같았다. 마침내 왕자는 호공의 집을 차지해 살게 되었다.

계략으로 호공의 집을 차지한 이 어린 왕자가 바로 탈해다. 알에서 벗어나고(脫) 궤에서 풀려나(解) 세상에 나왔으므로 그런 이름을 갖게 되었다.

그때 신라를 다스리던 남해왕은 탈해가 호공의 집을 차지한 이야기를 듣고 그 슬기로움이 뛰어남을 알고 맏공주를 시집 보내어 사위로 삼았다.

어느 날, 탈해는 토함산에 올랐다가 돌아오는 길에 몹시 갈증을 느꼈다. 시종 백의를 시켜 물을 떠 오게 했다. 백의는 물을 떠 오다가 목이 말라 먼저 몰래 한 모금을 마셨다. 그런데 뿔로 만든 그 잔이 입술에 딱 붙어 떨어지지 않는 것이었다. 어쩔 수 없이 입술에 잔이 붙은 채로 탈해 앞에 나아갔다. 그 모양을 보고 탈해가 백의를 꾸짖었다.

백의가 맹세했다.

"앞으로는 거리가 멀건 가깝건 결코 먼저 입을 대지 않

角
뿔각
6급 7획

겠습니다."

그제야 비로소 잔이 입술에서 떨어졌다.

이때부터 백의는 물론 주위 사람들 모두가 탈해를 두려워하여 감히 속이려 하지 않았다. 토함산에 있는 요내정이 바로 백의가 물을 길었던 우물이다.

남해왕이 세상을 떠나자, 왕의 아들 노례는 슬기로운 매부 탈해에게 왕위를 넘겨주려 했다. 그러나 탈해는 펄쩍 뛰며 사양했다. 아무래도 쉽게 결정이 날 것 같지 않자, 탈해가 한 가지 방법을 내놓았다.

"예부터 덕이 있는 사람은 이(치아)가 많다고 했소. 우리 두 사람 중 이가 더 많은 사람이 왕위에 오르는 게 어떻겠소?"

노례도 좋다고 하여, 두 사람은 곧 떡 한 덩이씩을 가져다 한 입씩 물었다 내놓았다. 떡에 찍힌 잇자국을 세어 보니 노례의 이가 더 많았으므로, 그가 남해왕의 뒤를 이어 왕위에 올랐다. 여기에서 유래하여 왕의 칭호를 잇금(이사금)이라 했다.

노례왕, 곧 유리왕은 6부의 이름을 개정하고 여섯 가지

齒
이 치
4급 15획

성씨를 내렸다. 그리고 처음으로 〈도솔가〉를 지었다. 또 보습이며 *따비 같은 농기구, 얼음을 넣어 두는 곳간을 지었으며, 수레를 만들기도 했다.

노례왕이 세상을 떠난 후 탈해가 왕위에 올랐다. 기원전 57년 6월의 일이다. '옛날 우리 집이었다' 하면서 남의 집을 빼앗았다 하여 성을 '석(옛날 昔)' 이라 했다. 혹은 까치로 인해 궤를 열었다 하여 까치 작(鵲)에서 새 조(鳥)자를 떼어 버리고 남은 석(昔)자로 성을 삼았다는 이야기도 있다.

23년 동안 왕위에 있다가 탈해왕이 세상을 떠나자 소천 언덕에 장사지냈다. 나중에 그의 혼령이 나타나 '내 뼈를 매장하지 말라' 고 말했다. 능을 파보았더니 두개골의 둘레가 석 자 두 치, 몸뼈의 길이는 아홉 자 일곱 치, 이는 붙어서 한덩어리가 되어 있고, 뼈마디는 모두 이어져 있었다. 가히 천하에 적수가 없을 장사의 골격이었다. 그 뼈를 부수어 그의 형상을 빚어 궁궐 안에 모셨더니, 어느 날 혼령이 다시 나타나 '내 뼈를 동악에 두라' 하였으므로 그대로 따랐다.

壯 士
장할장 선비사
4급 7획 5급 3획

• 따비 : 손잡이를 잡고 발판을 밟아 삽질하듯 손잡이를 뒤로 눌러 떠엎거나 손잡이를 옆으로 비틀어서 땅을 일구는 농기구.

《삼국유사》를 쓴 고려 후기의 승려, 일연(一然)

　　희종 때인 1206년 경산에서 태어나, 고종 때 대선사에 이르고, 충렬왕 때 국존이 되었다. 주로 산속의 절에 머물며 깨달음을 얻기 위해 참선에 힘썼다. 그러나 최씨 정권이 무너진 이후에는 속세로 나와 왕정을 되살리는 운동에 참여했다. 또한 고려가 몽골에 항복한 이후에는 민족의 혼을 되살리기 위해 《삼국유사》를 썼다. 그 밖의 저서로는 《어록》, 《계승잡저》 등이 있다.

好樂好樂 한자 노트

받들봉 | 총 8획 | 부수 大 | 5급

하늘과 땅(二) 같은 위대(大)한 이를 손(扌)으로 받드니, 봉양한다는 뜻이다.

奉讀(봉독) : 남의 글을 받들어 읽음.
奉仕(봉사) : 국가나 사회 또는 남을 위하여 자신을 돌아보지 않고 애를 씀.
奉養(봉양) : 부모나 조부모 같은 웃어른을 받들어 모심.
信奉(신봉) : 사상이나 학설, 교리 따위를 옳다고 믿고 따름.

내가 찾은 사자성어

꺼질멸 사사사 받들봉 공평할공

滅私奉公
멸　사　봉　공

내용 》 사사로운 것을 버리고 공공을 위해 힘써 일함.

신라시대 왕의 칭호

신라시대 왕의 칭호는 1대 거서간, 2대 차차웅, 3~18대 이사금, 19~22대 마립간이었으며, 23대부터 왕이라 불렀다. 거서간은 연맹체장, 차차웅은 제사장, 이사금은 연장자, 마립간은 대수장이다. 왕은 한자로 중국에서 쓰던 호칭이다. 중국과 접해 있던 고구려나 백제와 달리 신라가 중국 문물을 받아들이기 위해서는 이들 나라를 통해야만 가능했기에 뒤늦게 왕이라는 칭호를 사용할 수 있었다. 그 칭호의 변화를 보면 점차 통치 체제가 정비되고 강화되어 갔음을 알 수 있다.

열개 | 총 12획 | 부수 門 | 6급

문(門)을 들어올리니, 연다는 뜻이다.

開講(개강) : 강의나 강습을 시작함.

開校(개교) : 학교를 새로 세워 처음으로
　　운영을 시작함.

開國(개국) : 새로 나라를 세움.

開發(개발) : 땅이나 천연자원 따위를 쓸
　　모있게 만듦.

開閉(개폐) : 엶과 닫음.

놀며 배우는 파자놀이

입이 넷이나 달린 개는 무슨 글자일까?

≫ 그릇 기(器)다. 가운데 개 견(犬)이 있고 입 구(口)가 네 개다.

☀ 황금 궤에서 나온 아이

탈해왕 때의 일이다.

호공은 밤에 월성 서쪽 마을을 지나가다가, 근처의 시림이라는 숲에서 환하게 빛이 나는 것을 보았다. 보랏빛 **구름**이 하늘에서 그 숲속으로 드리워져 있는데, 그 구름 속에 **황금** 궤 하나가 나뭇가지에 걸려 있었다. 숲을 밝히는 빛은 그 황금 궤에서 새어나온 것이고, 나무 아래에서는 흰 닭 한 마리가 소리 높여 울고 있었다.

호공은 서둘러 궁궐로 달려가 탈해왕에게 이 사실을 고했다. 왕은 곧 시림으로 거동하여 궤를 열어 보았다. 한 사내아이가 궤 안에 누워 있다가 벌떡 일어났다. 그 모양이 옛날 혁거세왕이 '알지거서간(한 번 일어나다)'라고 한 말을 연상케 했으므로 '알지'라고 이름을 지었다. '알지'란 '어린아이'를 뜻하는 말이다.

탈해왕이 알지를 안고 궁궐로 돌아오는데, 새와 짐승들도 모두 기뻐서 날고 뛰며 그 뒤를 따랐다. 그것은 기원전 60년 8월 초나흗날 밤의 일이었다.

탈해왕은 알지를 하늘이 내린 사람이라 생각하고 좋은

黃 金
누를**황**　쇠**금**
6급 12획　8급 8획

날을 잡아 태자로 세웠다. 그러나 훗날 알지는 왕위를 파사에게 양보했다.

讓 步
사양할 양 걸음 보
3급 24획 4급 7획

알지는 금궤에서 나왔다고 해서 성을 김이라 했는데, 신라 김씨는 알지로부터 시작되었다.

✳ 연오랑과 세오녀

동해 바닷가 마을에 연오랑과 세오녀 부부가 해초를 뜯고 고기를 잡으며 살고 있었다.

어느 날, 연오랑이 바다에 나가 미역을 따고 있는데 갑자기 전에 보이지 않던 바위가 나타났다. 그 바위는 연오랑을 태우고 바다 건너 일본으로 데려갔다.

바위에 실려 온 연오랑을 본 일본 사람들은 예사 사람이 아니라 여겨 왕으로 추대했다.

남편 연오랑이 돌아오지 않자 세오녀는 바닷가로 나갔다. 한 바위 위에 남편의 신발이 놓여 있었다. 세오녀는 그 바위 위로 뛰어올랐다. 바위는 다시 세오녀를 싣고 바다로 떠나, 연오랑이 있는 일본으로 흘러갔다. 바위에 실려 온 세오녀를 본 그 나라 사람들은 놀랍고 이상하여 왕이 된 연오랑에게 이 사실을 아뢰었다. 그리하여 연오랑과 세오녀 부부는 다시 만났다.

연오랑과 세오녀 부부가 일본으로 떠난 후, 신라에서는 해와 달이 갑자기 빛을 잃어 온 나라가 어둠에 잠기는 괴변이 일어났다.

왕이 *일관에게 까닭을 물으니 이렇게 아뢰었다.

"우리나라에 내려와 있던 해와 달의 정기가 일본으로 가 버렸기 때문에 이런 변괴가 생긴 것입니다."

왕은 일본으로 사신을 보내어 연오랑과 세오녀에게 돌아오기를 청했다.

연오랑이 신라의 사신들에게 말했다.

"내가 여기 온 것은 하늘의 뜻이다. 그러니 어찌 돌아갈 수 있겠는가. 여기 왕비가 새로 짠 가는 비단이 있다. 이것을 가져다가 하늘에 제사를 지내면 해와 달의 빛이 회복될 것이다."

사신들은 그 비단을 받아 가지고 돌아와 왕에게 사실대로 아뢰었다.

왕은 곧 그 말대로 비단을 받쳐 들고 하늘에 제사를 지냈

日 本
날일 근본본
8급 4획 6급 5획

• 일관(日官) : 하늘의 별을 보고 변괴나 길흉 따위를 점치는 벼슬아치.

다. 과연 해와 달이 예전처럼 빛을 발했다.

왕은 그 비단을 궁궐 곳간에 소중히 보관하고 국보로 삼
았다. 그리고 그 곳간의 이름을 귀비고, 하늘에 제사지낸
곳을 영일현 또는 도기야라고 했다.

신라 제8대 임금인 아달라왕이 왕위에 오른 지 4년째 되
던 해의 일이다.

❋ 빛나는 충절, 김제상

신라 제17대 내물왕 36년. 왜왕이 신라에 사신을 보내왔
다. 두 나라의 화친을 제의하면서, 그 성의의 표시로 왕자
한 명을 보내 달라고 했다.

고민 끝에 내물왕은 넷째 왕자 미해를 왜국으로 보냈다.
그때 미해는 겨우 열 살이라 말과 행동에 부족한 점이 있었
으므로, 박사람을 부사로 딸려 보냈다. 그런데 왜왕은 그
들을 붙잡아 두고 30년이 지나도록 돌려보내지 않았다.

내물왕에 이어 눌지왕이 왕위에 오른 지 3년째 되던 해,
이번에는 고구려의 장수왕이 사신을 보내 왔다.

和 親
화할화 친할친
6급 8획 6급 16획

親 分
친할친 나눌분
6급 16획   6급 4획

"저희 임금께서 대왕의 아우 되시는 보해 왕자의 지혜와 재주가 뛰어나다는 말을 들으시고, 서로 친분을 갖고 가까이 지내기를 원하시어 일부러 소신을 보내 간청하는 바입니다."

눌지왕은 늘 국경을 침범해 오던 고구려와 화친할 방법을 찾던 참이었으므로 다행으로 여겼다. 왕은 곧 화친할 뜻을 알리고, 김무알을 보좌로 삼아 아우 보해를 고구려로 보냈다. 그러나 고구려 장수왕도 보해왕자를 억류하고 돌려보내지 않았다.

그럭저럭 세월이 흘러 눌지왕이 즉위한 지도 10년이 되었다. 어느 날, 왕은 조정의 여러 신하들과 천하의 호걸들을 궁중에 불러 친히 연회를 베풀었다.

술잔이 서너 차례 돌아가고 음악이 연주되어 연회 분위기가 무르익을 무렵, 왕은 눈물을 흘리며 그 자리에 있는 신하와 호걸들을 둘러보며 말했다.

"선왕께서는 진심으로 백성들의 안녕을 염려하여 사랑하는 아들을 왜국에 보냈다가, 다시 만나보지도 못하고 돌아가셨소. 또 내가 즉위한 이래로 이웃 나라와의 전쟁이 그치지 않다가, 유독 고구려가 친교를 맺자 하여 그 말을 믿고 친아우를 보냈소. 그런데 고구려 역시 붙잡아 놓고 지금까지 보내지 않고 있소. 내가 비록 부귀를 누린다지만, 하루도 그 두 아우를 잊지 못하고 눈물로 지샌다오. 만약 두 아우를 다시 만나 선왕의 사당에 함께 참례할 수만 있다면, 백성들과 그대들에게 그 은혜를 꼭 갚겠소. 누구 이 일을 도모할 사람 없겠소?"

숙연한 얼굴로 왕의 호소를 듣고 있던 모든 신하들이 입을 모아 아뢰었다.

"이 일은 반드시 지혜와 용기가 있어야만 될 것입니다. 저희들 생각에는 *삽라군 태수 *김제상이 적임자로 여겨집니다."

왕은 곧 제상을 불러 그 의향을 물었다.

제상은 공손히 절하고 대답했다.

"임금에게 걱정거리가 있으면 신하가 명예롭지 못하고, 임금에게 명예롭지 못한 일이 있다면 신하는 그 일을 위해 죽어야만 한다고 들었습니다. 일의 어렵고 쉬움을 따진 뒤에 행한다면 이는 불충이라 할 것이요, 죽고 사는 것을 헤아려 본 뒤에 움직인다면 용기가 없다고 해야 할 것입니다. 신이 비록 똑똑하지는 못하지만 명을 받들어 실행하겠

• 삽라군(歃羅郡) : 지금의 경상남도 양산군.

• 김제상(金堤上) : 《삼국사기》에는 박제상으로 되어 있다.

습니다."

눌지왕은 제상의 충성과 용기를 가상히 여겨, 잔을 맞들어 술을 나누며 격려했다.

제상은 즉시 동해의 물결을 헤치고 북쪽으로 뱃길을 잡았다. 고구려에 이른 제상은 변장을 하고 보해의 처소로 숨어 들어갔다.

보해와 제상은 머리를 맞대고 빠져나갈 방도를 의논했다. 그리하여 제상이 5월 보름날 먼저 고성 포구에 배를 대고 기다리기로 했다.

제상과 약속한 날이 닥쳐오자 보해는 병을 핑계로 며칠 동안 조회에 나가지 않다가, 한밤중에 고구려 왕성을 빠져나와 고성 바닷가로 내달렸다.

뒤늦게 이 사실을 안 장수왕은 수십 명의 군사를 시켜 뒤쫓게 했다. 보해가 막 준비해 둔 배에 오르려 할 때, 고구려 군사들은 등 뒤에 바짝 다가와 있었다. 그러나 보해는 평소 주위 사람들에게 항상 은혜를 베풀어 왔으므로, 군사들은 모두 그를 동정하여 활촉을 빼고 활을 쏘아 무사히 도망할 수 있게 해 주었다.

제상이 보해와 함께 무사히 돌아오자 눌지왕은 눈물을

同 情
한가지동 뜻정
7급 6획 5급 11획

흘리며 기뻐했다. 그러나 보해를 만나고 보니 30년이 넘도록 왜국에 붙잡혀 있는 아우 미해 생각이 더욱 간절해졌다. 왕은 한편으로는 기쁘고 한편으로는 슬픈 마음에 눈물을 흘리며 말했다.

"마치 한 몸뚱이에 한쪽 팔만 있는 것 같고, 한 얼굴에 한쪽 눈만 있는 것 같구려. 비록 한쪽은 찾았으나 다른 한쪽이 없으니 어찌 마음 아프지 않겠소?"

倭　國
왜나라왜 나라국
2급 10획　8급 11획

왕의 탄식을 들은 제상은 공손히 절하고 물러나와, 집에도 들르지 않은 채 그대로 말을 몰아 율포로 내달렸다.

제상의 아내는 남편이 왜국으로 떠나기 위해 궁궐에서 나오는 길로 율포로 향했다는 소식을 듣고 뒤쫓아갔다. 그녀가 율포에 이르렀을 때, 제상이 탄 배는 이미 바다 위를 떠 가고 있었다. 제상의 아내는 목이 터져라 애타게 불렀다. 제상은 손만 흔들어 보일 뿐, 배는 곧 가물가물 멀어져 갔다.

배가 왜국에 닿자 제상은 의심을 사지 않으려고 왜왕에게 거짓말을 했다.

"저는 신라에서 왔습니다. 신라 왕이 아무 죄도 없는 저의 부형을 죽였으므로, 이곳으로 도망해 왔습니다."

왜왕은 이 말을 믿고 제상에게 집을 주어 편히 살게 했다.

이렇게 해서 왜국에 머물게 된 제상은 타국에서 외롭게 지내던 미해를 곁에서 모시며 기회를 엿보았다. 제상이 미해와 함께 낚시질과 사냥으로 잡은 고기와 새들을 매번 바치니, 왜왕은 매우 기뻐하며 전혀 의심을 두지 않았다.

마침내 새벽 안개가 자욱하게 끼어서 사방을 분간하기도 어려운 어느 날 아침, 제상이 미해에게 말했다.

機 會
틀기 모일회
4급 16획 6급 13획

"이런 날이 떠나시기에는 더없이 좋습니다."

"그럼 함께 가게 그대도 채비를 하시오."

그러나 제상은 고개를 가로저었다.

"만일 저까지 함께 간다면 왜인들이 알아채고 쫓아올 것입니다. 저는 여기 머물면서 저들의 추격을 막겠습니다."

미해는 그 충절에 목이 메었다.

"나는 그대를 부형이나 다름없이 생각하고 있는데, 어찌 **사지**에 그냥 버려두고 혼자 돌아가겠소?"

제상이 말했다.

死 地
죽을 사 땅 지
6급 6획 7급 6획

"저로선 이곳에서 공을 구하여 고국에 계신 대왕의 마음을 편하게 해 드릴 수만 있다면 더 이상 바랄 것이 없습니다. 어찌 살기까지 바라겠습니까?"

제상은 미해에게 마지막 술잔을 바쳤다. 그리고 마침 그 때 일본에 와 있던 신라 사람 강구려를 딸려서 미해를 떠나보냈다. 그런 다음, 미해가 거처하던 방으로 들어가 있었다.

날이 밝자 시중드는 자들이 미해의 처소로 들어왔다.

제상은 방으로 들어오려는 그들을 제지하며 말했다.

"어제 사냥을 하느라 무리해서 몹시 고단하신 모양이오.

아직 일어나시지 못했으니 좀더 쉬시게 물러가시오."

한낮이 지나고 해가 기울 무렵이 되어도 미해가 방에서 나오지 않자, 시종들은 아무래도 수상쩍어 다시 와서 제상에게 물었다.

그제야 제상은 말했다.

"미해공은 이미 떠나신 지 오래되었네."

그 소식을 전해 들은 왜왕은 곧 기마병들로 하여금 미해를 뒤쫓게 했다. 그러나 결국 미해를 잡을 수가 없었다.

왜왕은 제상을 가두어 놓고 문초했다.

"어째서 미해공을 몰래 빼내어 보냈느냐?"

제상은 태연히 말했다.

"나는 신라의 신하이지 왜국의 신하가 아니다. 신라의 신하로서 우리 임금의 뜻을 이루고자 했을 뿐인데, 구태여 그대에게 말해 무엇하랴."

敢
구태여 감
4급 12획

왜왕은 크게 노하여 소리쳤다.

"네가 이미 내 신하가 된 마당에 신라의 신하라고? 신라의 신하라고 우긴다면 오형을 갖추어 벌을 줄 것이요, 지금이라도 왜국의 신하라고 말한다면 높은 벼슬과 함께 후한 녹을 주리라."

그러나 제상은 비웃음을 띠우며 대답했다.

"내 차라리 신라의 개, **돼지**가 될지언정 왜국의 신하가 될 수는 없다. 내 차라리 신라의 매를 맞을지언정 너희 왜국의 벼슬과 녹을 받아먹겠는가?"

노한 왜왕은 제상의 발바닥 가죽을 벗기고 갈대를 베어 그 위를 걷게 하니, 피가 강물처럼 흘렀다.

왜왕이 다시 제상에게 물었다.

"너는 어느 나라 신하냐?"

제상은 여전히 의연하게 대답했다.

"신라의 신하다."

왜왕은 제상으로 하여금 이번에는 뜨겁게 달군 철판 위에 올라서게 하고는 물었다.

"어느 나라 신하냐?"

살가죽이 타 들어가는 고통 속에서도 제상은 눈 하나 깜짝하지 않고 답했다.

"신라의 신하다."

왜왕은 그를 굴복시킬 수 없음을 알고 목도에서 불태워 죽였다.

한편, 미해는 무사히 바다를 건너 신라로 돌아갔다.

亥
돼지해
3급 6획

눌지왕은 뛸듯이 기뻐하며 큰 잔치를 베풀고, 나라 안의 모든 죄수들을 풀어 주었다. 그리고 제상의 아내에게는 '국대부인' 이라는 작위를 내리고, 그 딸을 미해공의 부인으로 맞았다.

이런 제상의 충절을 두고 사람들은 주가의 일에 견주어 말하곤 한다.

한고조 유방의 신하였던 주가가 영양 땅에서 초나라 군사의 포로가 되었다.

초왕 항우가 주가에게 말했다.

"네가 나의 신하가 된다면 *만록후로 삼겠다."

그러나 주가는 오히려 항우를 꾸짖고 굴복하지 않다가 끝내 죽음을 당했는데, 제상의 충절이 이 주가에 못지않다고들 한다.

제상이 왜국으로 떠날 때 그 부인이 소식을 듣고 뒤쫓아 갔으나, 결국 따라잡지 못한 채 망덕사 절문 남쪽 모래밭에 쓰러져 울었다.

이때부터 그 모래밭을 '장사(긴 모래밭)' 라고 부르게 되었다. 또 친척 두 사람이 양쪽에서 부축하여 데려오는 길에 부인이 다리를 뻗고 주저앉아 일어나지 않았던 곳을 '벌지

忠 節
충성 충 마디 절
4급 8획 5급 15획

• 만록후(萬祿侯) : 녹봉을 많이 받는 제후.

지'라고 한다.

세월이 흘러도 남편에 대한 그리움을 억누르지 못한 부인은 세 딸을 데리고 치술령에 올라갔다. 바다 건너 먼 왜국을 바라보며 통곡하던 어느 날 그대로 쓰러져 죽었다. 죽어서 부인은 치술령의 신모가 되었으니, 지금도 그곳에는 그를 기리는 사당이 남아 있다.

歲　月
해세　달월
5급 13획　8급 4획

핵심+ 《삼국유사》의 문학사적 가치

단군신화를 비롯한 많은 신화와 전설이 수록되어 있는 《삼국유사》는 설화문학의 보고라 할 만하다. 특히 '혜성가' 등 14수의 신라 향가(鄕歌)가 실려 있어 《균여전》에 수록된 11수와 함께 현재까지 전하는 향가의 전부를 이루고 있다. 비록 수록된 향가의 수는 많지 않지만, 향가를 집대성한 책으로 알려진 《삼대목》이 전하지 않는 지금 《삼국유사》의 문학사적 가치는 실로 절대적이라 할 수 있을 것이다.

好樂好樂 한자 노트

구름운 | 총 12획 | 부수 雨 | 5급

비(雨)가 올 것이라고 말(云)해 주니, 구름이라는 뜻이다.

雲霧(운무) : 구름과 안개.
雲集(운집) : 구름처럼 많이 모임.
戰雲(전운) : 전쟁이나 전투가 벌어지려는 형세.
靑雲(청운) : 높은 지위나 벼슬을 비유적으로 일컫는 말.

내가 찾은 사자성어

구름운 진흙니 갈지 다를차
雲 泥 之 差
운 니 지 차

내용 》 구름과 진흙처럼 서로의 차이가 심함을 일컫는 말.

| 난생설화(卵生說話)

고대신화에서 영웅이나 건국 시조의 탄생을 신비화하고 초인적인 권위를 부여하기 위해 알 속에서 태어났다고 하는 설화를 말한다. 당시 사람들은 알의 둥근 모양 때문에 알이 곧 태양을 상징한다고 보았다. 태양은 곧 하늘과 같다고 생각했다. 즉 알에서 태어났다는 것은 하늘의 자손임을 의미했다. 왕권의 정당성을 주장하여 백성들의 지지를 받아야 했기 때문에 왕을 신성시하는 이런 설화가 탄생한 것으로 보인다.

흐를류 | 총 10획 | 부수 水 | 5급

물(氵)이 머리(亠)에 갓을 쓴 사람이 유유히 가듯 내(厶) 앞에 냇물(川)이 가니, 흐른다는 뜻이다.

流動(유동) : 액체나 기체가 흘러 드나듦.
流水(유수) : 흐르는 물.
流行(유행) : 어떤 행동이나 사상 등을 일시
　　　적으로 많은 사람이 따름으로써 널리 퍼
　　　지는 것.
交流(교류) : 문화나 사상 등이 서로 통함.

내가 찾은 속담

흘러가는 물 퍼 주기

≫ 아쉬울 것이 없이 마음대로 인심을 쓰는 것을 비유적으로 이르는 말.

✳ 거문고 집을 쏘다

신라 제21대 비처왕 즉위 10년째 되던 해의 일이다.

어느 날, 왕이 천천정이라는 정자에서 쉬고 있었다. 그때 갑자기 까마귀와 쥐가 와서 울었다. 기분이 상한 왕이 자리를 털고 일어나려 하자 놀랍게도 쥐가 사람의 말로 지껄였다.

"이 까마귀가 가는 곳으로 따라가 보세요."

왕은 옆에 있던 군사에게 말을 타고 까마귀를 쫓아가게 했다. 경주 남산 동쪽 기슭에 있는 피촌에 이르렀을 때, 돼지 두 마리가 싸우고 있었다. 군사는 돼지들의 싸움에 정신이 팔려서 한참 동안 구경을 하다가 그만 까마귀를 놓치고 말았다.

어쩔 줄 모르고 그 근처를 왔다갔다 하고 있을 때, 길가 못 한가운데서 웬 노인이 나타나 편지 한 통을 건네주었다. 편지 겉봉에는 이렇게 쓰여 있었다.

'이 편지를 열어 보면 두 사람이 죽고 열어 보지 않으면 한 사람이 죽을 것이다.'

군사는 그 편지를 비처왕에게 갖다 바쳤다.

戰
싸움전
6급 16획

겉봉에 쓰인 글을 읽고 비처왕이 말했다.

"두 사람이 죽는 것보다는 열어 보지 않고 한 사람만 죽는 편이 낫겠구나."

곁에 있던 일관이 아뢰었다.

"두 사람이란 보통 서민을 가리키는 것이요, 한 사람이란 바로 임금님을 가리킵니다."

이 말에 왕은 즉시 편지를 열어 보았다. 그 안에는 '거문고를 담아 둔 거문고 집을 쏘아라'라는 말이 적혀 있을 뿐이었다.

궁궐로 돌아온 왕은 즉시 거문고 집을 향해 활을 쏘았다. 그 순간 거문고 집 안에서 사람의 비명소리가 들렸다. 놀라서 열어 보니 내전의 *불사를 맡아 행하는 중이 그 속에서 후궁과 몰래 간통을 하고 있었다. 왕은 두 사람을 그 자리에서 처형했다.

그때부터 우리나라에서는 매년 정월의 첫 돼지날과 첫 쥐날, 그리고 첫 말날에는 모든 일을 삼가고 함부로 출입하지 않는 풍속이 생겼다. 또 정월 보름날을 *'오기일'이라 하여 찰밥을 지어 까마귀에게 제사를 지내는 풍속도 생겨났다.

風 俗
바람 풍 풍속 속
6급 9획   4급 9획

• 불사(佛事) : 불교에서 행하는 모든 일.

• 오기일(烏忌日) : 까마귀를 꺼리는 날.

이런 풍속을 속언으로 '달도'라 하는데, 이는 슬프고 근심스러워 모든 일을 삼가고 금한다는 뜻이다. 편지가 나온 못은 서출지라고 이름지었다.

✿ 비형랑과 도화녀

신라 제25대 사륜왕은 성은 김씨, 시호는 진지대왕이라 했다. 576년에 즉위하여 나라를 다스린 지 4년, 사륜왕은 국사는 돌보지 않고 날마다 술과 여자에 빠져 국고를 탕진했다. 정치는 어지러워지고 나라의 기강이 흔들리자, 참다 못한 백성들이 들고 일어나 그를 왕위에서 몰아냈다.

사륜왕이 왕위에 있을 때의 일이다. 사량부에 '도화녀'라는 여자가 있었다. 그 이름에 어울리게 복사꽃처럼 화사하고 아름다워, 그 자태를 한번 본 사람이면 누구나 입에 침이 마르게 칭찬하므로 신라 안에 모르는 이가 없었다.

이런 소문을 전해 들은 사륜왕은 도화녀를 궁중으로 불러들여 정을 통하려 했다. 그러나 도화녀는 완강히 거부하며 또렷이 말했다.

所 聞
바소 들을문
7급 8획 6급 14획

"여자의 도리는 두 지아비를 섬기지 않는 것이라 했습니다. 그런데 어찌 지아비를 두고 다른 남자를 따르겠습니까. 임금의 위엄으로도 아녀자의 지조를 빼앗지는 못할 것입니다."

道 理
길 도 다스릴 리
7급 13획 6급 11획

왕은 화가 나서 위협했다.

"죽어도 좋으냐?"

도화녀는 두려워하지 않고 대답했다.

"차라리 거리에서 목을 베어 주십시오. 지아비 말고 다른 남자를 따르고 싶지는 않습니다."

도화녀의 태도가 굳건한 것을 알고 왕은 농담처럼 슬쩍 물었다.

"만약 지아비가 없으면 괜찮겠지?"

도화녀도 웃으며 말했다.

"그렇다면 괜찮습니다."

왕은 도화녀를 그대로 돌려보냈다.

바로 그해에 사륜왕은 왕위에서 쫓겨나 죽고 말았다. 그 3년 후에 도화녀의 남편도 죽었다. 남편이 죽은 지 열흘쯤 지난 날 한밤중, 도화녀가 자고 있는 방으로 생시와 같은 모습의 사륜왕이 들어왔다.

도화녀가 깜짝 놀라 일어나니 왕이 말했다.

"네가 예전에 지아비가 없다면 괜찮다고 했으니, 이제는 내 말을 듣겠느냐?"

도화녀는 가볍게 허락할 수가 없어 그 부모에게 사실을 알렸다. 그녀의 부모는 고민 끝에 '임금님의 말씀인데 어떻게 피하겠느냐' 하면서 딸을 사륜왕이 기다리는 방으로 들여보냈다.

왕은 7일 동안을 도화녀와 함께 지냈다. 그 동안 내내 오색구름이 지붕을 덮고 향기가 방에 가득했다.

男 便
사내남 편할편
7급 7획 7급 9획

7일이 지나자 왕은 홀연히 자취를 감추었다. 그후 도화녀는 자신이 임신했음을 알았다. 달이 차서 해산날이 되니 천지가 진동하면서 사내아이가 태어났다. 아이의 이름은 비형이라 지었다.

이때 나라를 다스리던 진평왕이 소문을 듣고 비형을 궁중에 데려다 길렀다. 비형의 나이 열다섯 살이 되자 왕은 그에게 집사 벼슬을 주었다.

그런데 비형은 날마다 밤만 되면 궁궐을 빠져나가 어딘가 먼 곳에서 놀다 오곤 했다. 왕은 이상히 여기며 용맹스러운 군사 50명을 뽑아 비형을 감시하게 했다. 비형은 매번 월성을 넘어 경주 서쪽에 있는 황천 냇가 언덕으로 가서 귀신들과 함께 놀았다. 군사들이 숲 속에 숨어 엿보았더니, 귀신들은 밤새 놀다가 여기저기서 새벽 종소리가 들려오면 제각기 흩어지고, 그러면 비형도 궁중으로 돌아오는 것이었다.

군사들의 보고를 받은 진평왕은 비형을 불러 물었다.

"네가 귀신들을 데리고 논다던데 참말이냐?"

"네, 그렇습니다."

"그렇다면 귀신들을 시켜서 신원사 북쪽 개천에 다리를

橋
다리교
5급 16획

놓도록 하라."

왕의 명을 받은 비형은 귀신들을 부려서 하룻밤 사이에 커다란 돌다리를 놓았다. 이 다리를 귀신다리, 즉 귀교라 불렀다.

왕은 다시 비형에게 물었다.

"귀신들 가운데 인간 세상에 와서 정사를 도울 만한 자가 있느냐?"

비형이 대답했다.

"길달이란 자가 나랏일을 도울 만합니다."

왕은 길달을 궁궐로 데려오라고 했다.

이튿날 비형이 길달을 데려오자, 왕은 그에게 집사 벼슬을 주었다.

길달은 과연 충직하기 짝이 없었다. 그때 *각간 임종에게는 아들이 없었다. 이에 진평왕은 그에게 길달을 양자로 맞아들이게 했다.

임종이 길달에게 흥륜사 남쪽에 다락문을 세우게 했더니, 그는 매일 밤 그 문 위에 올라가 자곤 했다. 그래서 그 문을 길달문이라고 한다.

어느 날, 인간 세상에 싫증이 난 길달은 여우로 변해서

• 각간(角干) : 신라 때의 가장 높은 벼슬로, 진골만 이 올라갈 수 있었다. 이벌 찬, 이벌간이라고도 한다.

달아났다. 이 사실을 안 비형은 귀신들을 시켜 길달을 붙잡
아 죽였다. 이 때문에 귀신들은 비형이라는 이름만 들어도
무서워서 달아났다.

당시 사람들이 이를 두고 노래를 지었다.

임금의 혼이 낳으신 아들
비형랑이 있는 방이 여길세.
날고 뛰는 귀신들아
이곳에 함부로 머물지 마라.

이때부터 이 글을 집 밖에 써 붙여 귀신을 쫓는 풍속이
생겼다.

핵심+ 《삼국유사》의 한계

　저자가 사관이 아닌 일개 승려인 일연이었고, 그의 활동 범위가 주로 영남 지방 일대였다는 제약 때문에 《삼국유사》는 불교 중심 또는 신라 중심에서 벗어날 수 없었다. 따라서 북방 계통의 기사가 소홀해졌으며, 간혹 인용한 옛 문헌과도 일치하지 않는 부분이 있다. 그러나 그것은 '유사'라는 책이름이 말해 주듯이, 기록에 빠지거나 알려지지 않아 세상에 드러나지 않은 사실을 모아 엮은 것이므로 어쩔 수 없는 일이다.

好樂好樂 한자 노트

놀랄경 | 총 23획 | 부수 馬 | 4급

진실(苟)하게 살라고 치면(攵) 말(馬)은 놀랄 것이라는 뜻이다.

驚愕(경악) : 몹시 놀람.
驚異(경이) : 놀라서 이상하게 여김.
驚歎(경탄) : 놀랍게 여겨 감탄함.
大驚(대경) : 크게 놀람.

내가 찾은 사자성어

놀랄경 하늘천 움직일동 땅지
驚天動地
경　천　동　지

내용 》 하늘이 놀라고 땅이 흔들린다는 뜻으로, 세상을 크게 놀라게 함.

신라의 관등조직

관등조직은 관리를 등급을 매겨서 신분의 높고 낮음에 따라 승진의 한계를 정하는 것이다. 신라의 관등조직은 법흥왕 때 17등급으로 완성되었다. 그러나 이 관등조직은 골품제도와 관련이 있어 귀족인 진골은 제1관등인 이벌찬(각간)까지 승진할 수 있지만, 6두품은 제6관등 아찬, 5두품은 제10관등 대나마, 4두품은 제12관등인 대사까지밖에 못 올라가게 제한되어 있었다.

거리 가 | 총 12획 | 부수 行 | 4급

걸어다닐 수(行) 있도록 영토(圭)에 만들어진 것이니, 거리를 뜻한다.

街頭(가두) : 도시의 길거리.
街路(가로) : 시가지의 넓은 도로.
商街(상가) : 상점들이 죽 늘어서 있는 거리.
市街戰(시가전) : 시가지에서 벌이는 전투.

놀며 배우는 파자놀이

누가 내 생일을 물어 보기에 아침 조(朝)자를 써 주었다.
내 생일은 언제인가?

≫ 10월 10일이다. 조(朝)라는 글자를 나누면 十月十日이 된다.

✻ 호국신과 김유신

김유신은 신라 각간 서현의 맏아들이다. 그의 아우는 흠순, 손윗누이는 보희, 손아랫누이는 문희이다. 그는 진평왕 17년인 595년에 태어났다. 해와 달과 별들의 정기를 받아 태어났으므로, 날 때부터 등에 7개의 별 무늬가 뚜렷했다.

김유신은 검술이 뛰어나서 열여덟 살에 벌써 *국선이 되었다. 그때 유신 밑에 있는 낭도 중에 백석이라는 자가 있었다. 어디에서 왔는지 그 근본은 알 수 없었으나, 여러 해를 동고동락했으므로 신임을 받고 있었다.

그 무렵, 유신은 어떻게 하면 고구려와 백제를 쳐서 난세를 평정할 수 있을까 고심하고 있었다.

백석이 이를 눈치채고 유신을 찾아왔다.

"공께서 무슨 일로 고민하고 계신지 압니다. 방 안에서 궁리만 한다고 해결될 일이 아니니, 직접 적국에 잠입해 먼저 저들의 내정을 탐문한 뒤에 일을 꾀하심이 좋을 것입니다. 공께서 허락하신다면 제가 공을 모시고 가겠습니다."

듣고 보니 그럴 듯하여, 유신은 아무에게도 알리지 않은

精 氣
정할정 기운기
4급 14획   7급 10획

• 국선(國仙) : 화랑, 엄밀히 말하면 화랑 및 그 낭도를 총지휘하는 사람을 일컫는다.

채 백석과 함께 밤을 틈타서 고구려로 출발했다.

두 사람이 골화천에 이르러 유숙하는데, 세 여인이 따라와 말을 붙였다. 유신은 세 여인과 함께 이야기를 나누며 즐거워했다. 그녀들이 내놓은 맛좋은 과일을 먹으며 이야기를 하던 유신은 경계심이 사라져 자신의 생각을 솔직하게 털어놓았다.

여인들이 유신에게 말했다.

"공의 말씀은 잘 들었습니다. 꼭 드려야 할 말씀이 있으니, 백석이란 자를 따돌리고 잠시 저희를 따라오십시오."

유신은 백석 몰래 여인들을 따라 숲속으로 들어갔다. 그러자 세 여인은 별안간 신령으로 변하여 유신을 준엄하게 꾸짖었다.

"우리는 *나림, 혈례, 골화의 호국신이다. 지금 적국의 첩자가 유인해 가는데도 그대는 그것을 모르고 따라가기에 우리가 그 사실을 알려주려고 여기까지 왔다."

유신은 너무 놀라 그 자리에 쓰러졌다. 잠시 후 정신을 차려 보니 이미 세 신령은 사라지고 없었다. 유신은 호국신의 가호에 감격하여 두 번 절하고 숲을 나왔다.

숙소로 돌아온 유신은 시치미를 떼고 갑자기 생각난 듯이

留 宿
머무를류 잘숙
4급 10획 5급 11획

• 나림(奈林), 혈례(穴禮), 골화(骨火) : 나림은 지금의 경주 낭산, 혈례는 청도의 오리산, 골화는 영천의 금강산이다.

백석에게 말했다.

"다른 나라로 가면서 꼭 필요한 문서를 잊어버리고 왔구나. 함께 집으로 되돌아가서 가지고 가도록 하자."

백석은 할 수 없이 유신을 따라 집으로 돌아왔다.

유신은 집에 도착하자마자 백석을 결박하고 문초하기 시작했다. 일이 틀어진 것을 안 백석은 그제서야 모든 사실을 털어놓았다.

"나는 본래 고구려 사람이다. 우리나라 대신들이 김유신은 전생에 우리 고구려의 점쟁이 추남이었다고 하는 소리를 들었다. 추남이 살아 있을 때, 한번은 국경에서 물이 거꾸로 흐르는 일이 있었다. 왕은 추남에게 점을 쳐 보게 했다. 추남은 점괘를 뽑아 보고 '이는 왕비께서 남녀의 관계를 거꾸로 하기 때문에 그 표징이 이와 같이 나타난 것입니다' 하고 아뢰었다. 왕비는 노발대발하여, 이는 요사스러운 여우의 말이니 다른 일로 시험하여 맞히지 못하면 죽여야 한다고 왕을 부추겼다. 이에 왕은 함 속에 쥐 한 마리를 감추고 그 속에 무엇이 들어 있느냐고 물었다. 추남은 서슴없이 그 속에 쥐 여덟 마리가 들어 있다고 대답했다. 왕은 한 마리를 여덟 마리라 했으니 틀렸다 하여 처형을 명했다.

處刑
곳처 형벌형
4급 11획 4급 6획

추남은 형장에 끌려나와 맹세했다. '내 죽어서 적국의 대장으로 다시 태어나 이 고구려를 반드시 멸망시키고 말리라.' 추남이 죽은 뒤 함 속에 있던 쥐를 꺼내 배를 갈라 보니 새끼 일곱 마리가 들어 있었다. 그제야 추남이 제대로 맞혔음을 알았지만 이미 때는 늦었다.

추남을 처형한 날 밤, 왕은 그가 신라 서현공 부인의 품 속으로 들어가는 꿈을 꾸었다. 그 꿈이 너무도 생생하여 여러 신하들에게 이야기하니, 모두들 추남이 맹세하고 죽더니 그대로 되려나 보다고 걱정했다. 그래서 나를 이곳에 보내 추남의 환생인 당신을 고구려로 유인하는 계략을 쓰게 했던 것이다."

유신은 백석을 처형하고, 자신에게 계시를 주었던 세 신령에게 제사를 드렸다. 세 신령은 모두 현신하여 제사를 받았다.

敵 國
대적할적 나라국
4급 15획 8급 11획

신라 제29대 태종대왕은 이름은 춘추, 성은 김씨로 각간 용수의 아들이다. 어머니 천명부인은 진평왕의 세 딸 중 한 사람이고, 왕의 비는 문명왕후, 곧 김유신의 손아랫누이 문희이다.

왕이 문희와 혼인하기 전의 일이다. 문희의 언니 보희는 어느 날 밤 서악에 올라가 오줌을 누었더니 서라벌 장안에 오줌이 가득 차는 꿈을 꾸었다. 아침에 일어나 동생 문희에

長 安
진장 편안안
8급 8획 7급 6획

게 꿈 이야기를 했더니 문희는 대뜸 그 꿈을 팔라고 했다. 문희가 비단 치마를 주겠다며 졸라 대자 보희는 좋다고 응낙했다.

문희는 보희 쪽을 향해 옷깃을 벌리고 꿈을 **받을** 자세를 취했다.

보희가 외쳤다.

"지난밤의 꿈을 너에게 넘겨준다!"

동생 문희는 비단 치마로 꿈값을 치렀다.

그런 일이 있고 열흘쯤 지난 정월 보름날이었다. 집에 놀러 온 김춘추와 공차기를 하던 유신은 짐짓 그의 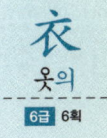**옷**을 밟아 옷고름을 떨어뜨렸다. 유신은 옷을 꿰매 주겠다며 춘추를 데리고 안채로 들어가서 누이 보희에게 춘추의 옷고름을 달아 주라고 했다.

보희는 고개를 저었다.

"어찌 그처럼 하찮은 일로 가벼이 귀공자를 가까이하겠는가?"

그러나 동생 문희는 선뜻 나서서 춘추의 옷고름을 달아 주었다. 춘추는 유신의 속내를 알아차리고 그날부터 빈번히 집으로 찾아와 문희를 만났다.

얼마 후, 유신은 문희가 춘추의 아이를 가졌음을 알게 되었다. 유신은 몹시 화를 내며 이웃에 들릴 만큼 큰 소리로 떠들어 댔다.

"네가 부모님의 허락도 없이 임신을 하다니, 이 무슨 망측한 짓이냐? 집안을 욕되게 한 너 같은 계집은 불태워 죽이는 게 마땅하다."

소문은 순식간에 퍼져 나가 서라벌에 모르는 사람이 없게 되었다.

어느 날, 당시의 임금인 선덕여왕이 남산으로 행차했다. 유신은 그 사실을 미리 알고 일부러 그날을 잡아 마당에 장작을 쌓아 놓고 불을 질렀다.

行 次
다닐행 버금차
6급 6획   4급 6획

남산에 올라 이곳저곳을 둘러보던 선덕여왕이 이 연기를 보고 좌우의 신하들에게 무슨 일이냐고 물었다.

신하들은 소문대로 말했다.

"유신이 그 누이를 태워 죽이려나 봅니다."

여왕이 깜짝 놀라 까닭을 물었다.

"그 누이가 시집도 가지 않았는데 임신을 했다고 합니다."

"그게 누구의 소행이라더냐?"

그때 그 앞에 있던 춘추가 낯빛이 달라지며 고개를 돌렸다. 여왕은 눈치를 채고 이질뻘 되는 춘추를 나무랐다.

"네 소행이로구나. 그런데 빨리 달려가 구하지 않고 어째서 여기 있단 말이냐?"

그제야 춘추는 황급히 달려가 유신을 말렸다.

이 일이 있은 지 얼마 안 되어 두 사람은 혼례를 올렸다.

그리하여 누이동생을 춘추와 혼인시키려 한 유신의 계략은 성공했고, 문희는 언니에게서 꿈을 산 효험을 보았다.

핵심+

《삼국유사》의 판본

《삼국유사》는 일제시대인 1908년 간행된 일본 도쿄대학 문학부의 사지총서본이 가장 오래된 것이고, 조선사학회본과 계명구락부의 최남선 교감본 및 그 증보본이 있으며, 그 밖에 1921년 안순암 수택의 정덕본을 영인(影印)하여 일본 교토대학 문학부 총서에 수록한 것과 고전간행회본이 있다. 8·15해방 후에는 삼중당본, 1946년 사서연역회에서 번역하여 고려문화사에서 간행한 국역본, 이병도의 역주본 등 여러 가지가 있다.

好樂好樂 한자 노트

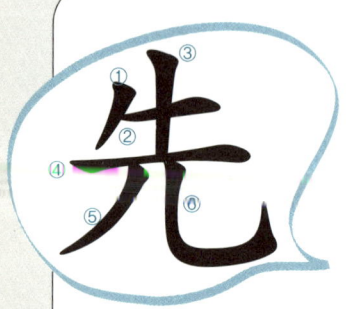

먼저선 | 총 6획 | 부수 儿 | 8급

소(牛)와 사람(ㅅ)이 함께 갈 때 소가 앞서 가니, 먼저라는 뜻이다.

先山(선산) : 조상의 무덤이 있는 산.
先生(선생) : 학생을 가르치는 사람. 어떤 일에 경험이 많거나 잘 아는 사람을 비유적으로 이르는 말.
先人(선인) : 앞선 세대의 사람.
先後(선후) : 먼저와 나중.

내가 찾은 사자성어

먼저선 볼견 갈지 밝을명

先見之明
선 견 지 명

내용 》 앞으로 일어날 일을 미리 짐작하는 밝은 지혜.

우리 역사에도 여왕이 있다. 신라 제27대 선덕여왕과 그 뒤를 이은 제28대 진덕여왕, 그리고 제51대 진성여왕이 그들이다. 다른 왕조와는 달리 유독 신라에만 여왕이 있었던 까닭은 골품제도 때문이다. 신라의 왕이 될 자격이 있는 자는 성골이어야 하며, 성골을 유지하기 위해서는 궁궐에 기거해야 한다. 그런데 선덕여왕의 부왕인 진평왕이 죽은 후에 궁궐에 남은 성골 남자가 없었기 때문에 여왕이 탄생한 것이다.

받을수 | 총 8획 | 부수 又 | 4급

손(爪)으로 덮어서(冖) 또(又) 받는다는 뜻이다.

受講(수강) : 강의나 강습을 받음.
受粉(수분) : 가루받이.
受賞(수상) : 상을 받음.
受惠(수혜) : 은혜를 입음. 덕을 봄.
引受(인수) : 물건이나 권리를 건네받음.
接受(접수) : 신청이나 신고 따위를 받음.

놀며 배우는 파자놀이

할머니께 연세를 여쭈어 보니 쌀 미(米)자를 써 보이셨다.
할머니는 몇 살일까?

≫ 88세다. 미(米)를 나누어 쪼개면 八十八, 곧 88이 된다.

✳ 백제는 보름달, 신라는 초승달

백제의 마지막 임금 의자왕은 무왕의 맏아들로, 용맹과 담력이 뛰어날 뿐 아니라 효성스럽고 우애가 있어서 동방의 증자, 곧 '해동증자'로 불렸다. 그러나 641년 무왕의 뒤를 이어 왕위에 오른 뒤로는 술과 여자에 빠져 나라를 돌보지 않았다.

*좌평 성충이 잘못을 지적하며 직언을 하자 왕은 그를 옥에 가두어 버렸다. 성충은 오랜 옥살이로 병이 들어 죽게 되었다. 죽음에 임하여 성충은 의자왕에게 마지막 충언을 올렸다.

'충신은 죽어도 그 임금을 잊지 못한다고 합니다. 원컨대 한 말씀만 드리고 죽고자 합니다. 신이 일찍이 시국을 살펴보니 머지않아 반드시 전쟁이 일어날 것입니다. 무릇 전쟁을 할 때는 지형을 잘 살펴서 상류에 진을 치고 싸워야만 나라를 온전히 보존할 수 있습니다. 만일 적이 쳐들어온다면, 육로로는 *탄현을 넘지 못하게 하고 바다로는 *기벌포에 들어오지 못하게 하여, 그 험한 지세를 의지하여 막아야 할 것입니다.'

直 言
곧을직 말씀언
7급 8획   6급 7획

- **좌평(佐平)** : 백제의 벼슬로, 전체 16관등 가운데 첫째 등급.

- **탄현(炭峴)** : 백제의 요새. 침현(沈峴)이라고도 한다.

- **기벌포(伎伐浦)** : 지금의 금강 하류 장항 부근.

그러나 의자왕은 성충의 간언에도 불구하고 정신을 차리지 못했다.

왕이 즉위한 지 19년째 되던 해인 659년, 즉 백제가 망하기 1년 전부터 나라 곳곳에서 멸망의 조짐이 보이기 시작했다.

그해에 오회사라는 절에 붉은 말이 나타나 밤낮으로 여섯 번 탑돌이 공덕을 닦고 사라졌다. 2월에는 한 무리의 여우가 궁궐에 들어와, 그중 흰 여우 한 마리가 좌평이 쓰는 책상 위에 올라앉았다. 4월에는 태자궁에서 암탉이 참새와 교미를 했다.

5월에는 사비수 강기슭에 큰 고기가 나와 죽었는데, 길이가 세 길이나 되는 그 고기를 먹은 사람들은 다 죽는 <u>변고</u>가 일어났다. 9월에는 궁정에 있는 홰나무가 울었는데, 그 소리가 마치 사람의 곡성과 같았다. 밤에는 귀신이 궁궐 남쪽 길 위에서 울었다.

變 故
변할변 연고고
5급 23획 4급 9획

의자왕 즉위 20년, 즉 백제가 망하던 그해 2월에는 성 안의 우물물이 전부 핏빛으로 변했고, *사비수도 역시 핏빛으로 물들었다. 또 서해 바닷가에 작은 물고기들이 떼죽음을 당했는데, 백성들이 이루 다 먹을 수 없을 정도였다.

• 사비수(泗沘水) : 지금의 백마강.

4월에는 개구리 수만 마리가 나무 위에 몰려드는 변이 일어났고, 서울 거리에서 공연히 놀라 달아나다가 엎어져 죽은 자가 백여 명이 넘었고, 재물을 잃은 자가 수없이 많았다.

6월에는 부여 왕흥사의 중들이 큰 물결을 따라 배 한 척이 절문으로 들어오는 것을 보고 소동을 일으켰다. 또 들사슴만큼 큰 개가 서쪽으로부터 사비수 강변에 와서는 왕궁을 향해 짖다가 어디론가 사라졌고, 성 안 길 위에 개들이 모여 시끄럽게 울고 짖어대다가 한참 만에 흩어진 일도 있었다.

같은 달인 6월에 귀신이 궁중에 들어와 큰 소리로 외쳤다.

"백제가 망한다! 백제가 망한다!"

그리고 그 귀신은 곧 땅 속으로 들어갔다.

괴이하게 여긴 왕이 귀신 들어간 자리를 파 보게 하니, 석 자 정도 깊이에 거북 한 마리가 있었다. 그 거북의 등에는 이런 글이 쓰여 있었다.

'백제는 보름달이요, 신라는 초승달과 같다.'

왕은 무당에게 그 뜻을 물었다.

"보름달이란 이미 다 찬 것이니, 차면 이지러지는 법입

尺
자척
3급 4획

니다. 또 초승달과 같다 함은 아직 차지 못했다는 것이니,
차지 못했으면 점점 차오르게 마련입니다.”

怒
성낼 **로**
4급 9획

이 풀이를 들은 의자왕은 크게 노하여 그 무당을 죽이고
다시 다른 무당을 불러 물었다.

겁이 난 다른 무당은 듣기 좋게 말했다.

“보름달이면 융성하다는 뜻이요, 초승달과 같다는 것은
미약하다는 것입니다. 생각건대 우리나라는 융성해지고 신
라는 미약해진다는 뜻인가 합니다.”

원하던 대답을 들은 의자왕은 기뻐했다.

신라의 태종은 백제에 괴변이 끊이지 않는다는 이야기를 듣고, 660년 아들 인문을 당나라에 보내 군사를 청했다.

당나라 고종은 소정방을 총사령관에 임명하여 13만 대군을 주고 백제를 치게 했다. 소정방은 군사를 이끌고 산동성을 출발하여 서해안의 덕적도에 도착했다. 태종은 김유신 장군에게 정예군사 5만을 거느리고 합세하게 했다.

이 소식을 듣고 의자왕은 급히 대신들을 모으고 전략을 물었다.

좌평 의직이 아뢰었다.

"당나라 군사들은 멀리 바다를 건너와 이곳 풍토에 익숙하지 못할 테니 승산이 있습니다. 또 신라군은 큰 나라의 원조를 믿고 상대를 가벼이 여기는 마음이 있으니, 만약 당나라 군사가 불리해진다면 두려워서 감히 달려들지 못할 것입니다. 그러니 먼저 당나라 군대와 결전하는 것이 옳을 줄 압니다."

달솔 상영이 이 의견에 반대하고 나섰다.

"그렇지 않습니다. 당나라 군대는 멀리서 왔기 때문에 싸움을 빨리 끝내려 들 것이니 당하기가 쉽지 않을 것입니다. 하지만 신라군은 여러 차례 우리 군대에게 패했으므로,

우리 군의 기세를 보면 두려워하지 않을 수 없을 것입니다. 그러니 마땅히 당나라 군대의 길을 막아 그들이 지치기를 기다리면서, 다른 군대로 신라군을 공격하여 그 기세를 꺾는 전술을 펴야 합니다. 그런 다음 기회를 보아 당나라 군대와 싸우면 나라를 보존할 수 있을 것입니다."

의자왕은 어느 편을 좇아야 할지 결정을 내리지 못했다.

결국 조정의 오랜 충신인 좌평 흥수의 의견을 묻기로 했다. 흥수는 직언을 하다가 왕의 미움을 사서 *고마며지로 귀양가 있었다.

왕이 사람을 보내어 물으니, 흥수는 죽은 성충과 같은 의견을 말했다. 흥수와 성충을 시기하던 대신들은 결사적으로 반대했다.

"흥수는 지금 귀양살이를 하고 있는 몸이므로, 임금을 원망하고 나라 사랑하는 마음도 없습니다. 그러니 그런 자의 의견을 들을 수는 없습니다. 당나라 군사가 백마강으로 들어오면 한 번에 배 두 척이 빠지지 못할 것이고, 신라군이 탄현을 오르면 길이 좁아 군대가 한꺼번에 나올 수 없을 것입니다. 그 기회를 틈타서 공격하면 그야말로 새장 속에 든 새요, 그물에 걸린 고기일 것입니다."

魚
고기어

5급 11획

• 고마며지(古馬旀知) : 지금의 전라남도 장흥.

의자왕은 그 의견에 따르기로 했다.

그때 당나라 군사가 백마강을 지나고, 신라 군사가 탄현을 넘었다는 기별이 왔다. 왕은 곧 계백장군에게 결사대 5천 명을 이끌고 황산벌로 나아가 신라군을 막으라고 명했다. 죽음을 각오하고 나선 계백의 군대는 신라군을 맞아 네 차례 접전을 벌여 모두 이겼다. 그러나 거듭된 전투로 지칠 대로 지치고 신라군에 비해 워낙 수효가 적었던 백제군은 마침내 신라군의 대공세에 무릎을 꿇고, 용장 계백은 여기서 전사했다.

계백의 결사대를 물리친 신라군은 당군과 함께 강가에 진을 치고 결전 태세를 갖추었다. 그런데 홀연 새 한 마리가 나타나더니 소정방의 군영 위를 빙빙 돌았다.

소정방은 어쩐지 꺼림칙해서 점쟁이에게 점을 쳐 보게 했다.

"필시 원수님이 다치실 징조입니다."

소정방은 이 점괘를 듣고 겁이 나서, 군대를 물리고 공격을 그만두려 했다.

김유신이 그 모양을 보고 말했다.

"나는 새 한 마리가 괴이하게 군다 해서 하늘이 준 기회

接 戰
이을접 싸움전
4급 11획 6급 16획

를 놓치겠소? 천명을 받들고 인심을 따라서 어질지 못한 자를 치는 마당에 무슨 나쁜 일이 있겠소?"

그리고 신검을 뽑아 단칼에 새를 베어 죽였다. 그제야 소정방은 군사를 이끌고 나가 백제군과 싸웠다.

백제군은 크게 패했다. 당나라 군대는 밀물을 타고 북을 울리며 진격해 올라왔다. 소정방은 보병과 기병을 거느리고 곧장 도성 30리 밖까지 와서 진을 쳤다. 백제는 도성 안의 군사를 총동원하여 저항했지만, 1만여 명의 전사자를 낸 채 또 패하고 말았다. 당군은 그 여세를 몰아 도성 바로 아래까지 육박해 왔다.

의자왕은 비로소 최후의 날이 왔음을 깨닫고 탄식했다.

"내 일찍이 성충의 말을 듣지 않았다가 이 지경에 이르렀구나."

마침내 의자왕은 태자 융을 데리고 북쪽 웅진성으로 달아났다.

소정방은 도성을 포위했다. 의자왕의 둘째 아들 태는 스스로 왕이 되어 백성들과 함께 성을 지키겠다고 나섰다. 그러자 태자 융의 아들 문사가 말했다.

"왕과 태자이신 아버님이 안 계신데 숙부가 마음대로 왕

步 兵
걸음보 병사병
4급 7획 5급 7획

이 되셨으니, 만약 당나라 군대가 물러가면 우리가 어떻게
목숨을 부지하겠습니까?"

문사는 측근들을 데리고 성 밖으로 나갔다. 백성들도 모
두 그를 따라나갔다.

소정방은 부하들을 시켜 성채에 올라가 당나라 깃발을
꽂게 했다. 궁지에 몰린 태는 할 수 없이 성문을 열고 목숨
을 빌었다. 도성이 함락되자 의자왕과 태자 융도 전국의 모
든 성문을 열고 항복했다.

✽ 만파식적

681년, 왕위에 오른 신라 제31대 신문왕은 부왕인 문무
대왕을 위해 동해 바닷가에 감은사를 세웠다.

그 이듬해 5월 초하룻날, 해안을 관장하는 관리 파진찬
박숙청이 동해 바다 가운데에 작은산이 생기더니 감은사
쪽으로 떠와서 물결을 따라 왔다갔다 한다고 아뢰었다.

왕은 신기하게 여겨 일관 김춘길에게 점을 쳐 보게 했다.

"선왕께서 바다의 용이 되어 삼한을 보호하고 계십니다.

浪
물결 랑
3급 10획

또 김유신 장군께서는 천신 서른세 분 중 한 분으로 세상에 내려와 우리나라의 대신이 되었습니다. 지금 두 성인께서 나라를 지킬 보배를 내려주려 하시니, 폐하께서 해변으로 나가시면 큰 보물을 얻으실 것입니다."

그 달 7일 왕은 의견대로 나가 바다 위에 떠 있는 그 작은 섬을 살펴보았다. 거북의 머리처럼 생긴 그 산 위에는 대나무 한 그루가 서 있었다. 신기하게도 대나무는 낮에는 둘로 떨어져 있다가 밤이 되면 하나로 합해졌다.

島
섬도
5급 10획

왕은 그날 밤을 감은사에서 묵었다.

그런데 이튿날 정오에 대나무가 하나로 합쳐지면서 천지가 진동하고 비바람이 일며 사방이 어둠에 잠겼다. 그런 상태로 일주일이 지났다.

그 달 16일에 이르러서야 날이 개고 물결이 잔잔해졌다. 왕은 배를 타고 바다 가운데의 산으로 갔다. 왕이 산에 오르자 용 한 마리가 나타나 검은 옥대를 바쳤다.

왕이 용에게 물었다.

"이 산과 대나무가 갈라졌다 합쳐졌다 하는데, 왜 그런 것인가?"

"비유하자면, 한 손으로 치면 소리가 나지 않고 두 손을 마주쳐야 소리가 나는 것과 같습니다. 이 대나무는 본시 합쳐져야 소리가 나게 되어 있습니다. 이것은 훌륭한 왕께서 소리로 천하를 다스리게 될 좋은 징조입니다. 왕께서는 이 대나무를 가져다가 피리를 만들어 불어 보십시오. 그러면 천하가 화평해질 것입니다. 바다의 큰 용이 되신 왕의 아버님과 다시 천신이 되신 김유신, 이 두 성인이 마음을 같이하여 이 보물을 내리시는 것입니다."

용의 말에 왕은 너무나 놀랍고 기뻐서 오색 비단과 금과 옥으로 보답했다. 그리고 사람을 시켜 그 대를 베어내게 했다. 왕 일행이 대를 베어 바다에서 나오는 동안 그 산과 용은 갑자기 사라져 버리고 다시는 나타나지 않았다.

다음날인 17일, 왕 일행은 지림사 서쪽 냇가에 이르러 잠시 수레를 멈추고 점심을 먹고 있었다. 그때 궁에서 소식을 들은 태자 이공이 말을 달려와서 축하했다.

태자는 옥대를 살펴보더니 왕에게 아뢰었다.

"이 옥대에 달린 장식들은 모두 진짜 용들입니다."

왕은 그것을 어떻게 아느냐고 물었다. 태자는 옥장식 한 개를 떼더니 시냇물에 담갔다. 그러자 장식은 곧 용으로 변해 하늘로 올라가고, 그 자리는 그대로 못이 되었다. 그래

報答
갚을보 대답답
4급 12획 7급 12획

서 그 못을 용연이라 불렀다.

궁으로 돌아온 신문왕은 그 대나무로 피리를 만들어 월성의 천존고에 간직했다. 그후 이 피리를 불면 적군이 물러가고, 병든 사람이 일어났다. 또 가물 때는 비를 내리고 장마가 질 때는 비를 멈추게 했다. 그리고 바람을 가라앉히고 파도를 잠재웠다. 그래서 그 피리를 '모든 파랑을 쉬게 하는 피리', 즉 만파식적이라 하고 국보로 삼았다.

효소왕 때에 이르러, 적국의 포로가 되었던 부례랑이 살아 돌아오는 기적이 있었다. 그러자 다시 그 피리를 '수없이 거센 파랑을 쉬게 하는 피리', 곧 만만파파식적이라고 고쳐 불렀다.

✳ 죽지랑과 득오실

신라 제32대 효소왕 때에 죽지랑이 거느리는 낭도 중에 득오실이라는 사람이 있었다. 그런데 날마다 빠지지 않고 나오던 그가 어느 날부터 안 보이더니 열흘이 지나도록 나오지 않았다.

郎 徒
사내랑 무리도
3급 10획 4급 10획

죽지랑은 득오실의 어머니를 찾아가 아들이 어디 있는지 물었다.

"모량부의 관리 익선이 아들을 부산성 창고지기로 임명했는데, 급히 가느라고 미처 하직 인사를 드리지 못했나 봅니다."

그 어머니의 대답에 죽지랑이 말했다.

"사사로운 일로 갔다면 모르지만 공적인 일 때문에 갔다니, 마땅히 찾아보고 음식이라도 대접해야겠습니다."

죽지랑은 낭도 137명과 함께 떡 한 합과 술 한 항아리를 가지고 득오실을 찾아갔다. 죽지랑 일행이 부산성에 도착해서 득오실을 찾으니 익선의 밭에서 일하고 있었다.

죽지랑은 익선의 밭으로 가서 득오실을 만나 가져간 음식을 먹였다. 그리고 익선을 찾아가, 득오실에게 휴가를 주어 자기들과 함께 돌아갈 수 있도록 해 달라고 청했다. 그러나 익선은 한 마디로 거절했다.

때마침 간진이라는 관리가 벼 서른 섬을 거두어 성 안으로 운반하다가 이 일을 알게 되었다. 그는 아랫사람을 중히 여기는 죽지랑의 마음 씀씀이에 감동하는 한편, 익선의 옹졸함을 못마땅하게 여겼다. 그래서 운반하던 벼 서른 섬을 익선에게 주면서 죽지랑의 청을 들어주라고 부탁했다. 그래도 익선은 허락하지 않았다. 간진은 사지 벼슬을 하던 진절의 말안장까지 얹어 주었다. 그제야 익선은 마지못한 듯 허락했다.

조정의 *화주가 이 이야기를 듣고, 그 더러운 때를 씻기겠다며 익선을 잡아 오게 했다. 그러나 익선은 겁이 나서 도망가고, 대신 그의 맏아들이 잡혀 왔다.

화주는 익선의 아들에게 성 안의 못에서 목욕하는 벌을 주었다. 때는 바로 동짓달이라 몹시 추웠다. 익선의 아들은 얼어 죽고 말았다.

효소왕은 익선의 일을 듣고 모량리 출신으로 벼슬하는 자들을 모두 내쫓고 다시는 관직에 발을 못 붙이게 했다. 또 중이 되는 것도 금하고, 만약 중이 되었다 해도 절에는 들어가지 못하게 했다. 원측법사는 해동의 고승이었지만 모량리 사람이라는 이유로 승직을 주지 않았다.

한편 간진은 칭찬하여, 그 자손을 한 마을을 통괄하는 호장으로 삼아 표창했다.

出身
날출 몸신
7급 5획 6급 7획

• 화주(花主) : 화랑 단체를 관장하던 벼슬.

《삼국유사》의 체제와 내용

《삼국유사》는 모두 5권으로 되어 있다. 첫째 권은 삼국, 가락국 및 후삼국에 관한 '왕력'과 '기이'라 하여 여러 고대 국가의 흥망 및 신화·전설·신앙 등을 다루었는데, 그중 반을 첫째 권에, 나머지를 둘째 권에 수록했다. 셋째 권은 흥법·탑상, 넷째 권은 의해, 다섯째 권은 신주·감통·피은·효선 등 주로 불교·사탑·승려에 관한 것이 많이 실려 있다.

好樂好樂 **한자 노트**

넘을월 | 총 12획 | 부수 走 | 3급

달아나기(走) 위해 무성한(戉) 숲을 뛰어넘어간다는 뜻이다.

越權(월권) : 자기 권한 밖의 일에 관여함.

越冬(월동) : 겨울을 남.

追越(추월) : 뒤에서 따라잡아 앞의 것보다
먼저 나아감.

優越感(우월감) : 남보다 낫다고 여기는 생
각이나 느낌.

놀며 배우는 파자놀이

점을 빼면 커지는 동물은?

≫ 개 견(犬)에서 점을 빼면 큰 대(大)자가 되니, 답은 개다.

지금의 경상북도 경주시 양북면 용당리에 있던 절이다. 원래는 왜병을 진압하기 위해 신라 제30대 문무왕 때에 짓기 시작했으나 그 아들인 신문왕 때에 완공했다. 처음에는 진국사였는데, 신문왕이 부왕의 나라를 생각하는 마음에 감사해 감은사로 고쳐 불렀다고 한다. 지금은 감은사 터의 동쪽과 서쪽에 삼층 석탑이 남아 있다.

패할패 | 총 11획 | 부수 攵 | 5급

조개(貝)를 치니(攵) 깨진다는 뜻. 깨졌으니 패한 것이다.

敗亡(패망) : 싸움에 져서 망함.
敗色(패색) : 싸움에 질 기미.
失敗(실패) : 일을 잘못하여 뜻한 대로 되지 않거나 그르침.
敗殘兵(패잔병) : 싸움에 진 군대의 병사 가운데 살아남은 병사.

내가 찾은 속담

지는 게 이기는 것이다

>> 맞설 형편이 못 되는 수준이 낮은 상대한테 옥신각신 시비를 가리기 보다 아량 있고 너그럽게 대하면서 양보하는 것이 도덕적으로 승리하는 것임을 이르는 말.

✳ 임금님 귀는 당나귀 귀

신라 제48대 경문왕의 이름은 응렴이요, 열여덟 살 때 화랑의 국선이 되었다.

응렴이 스무 살 때, 헌안왕이 궁중으로 그를 불러 잔치를 베풀고 물었다.

國 仙
나라국 신선선
8급 11획 5급 5획

"국선이 되어 사방을 두루 돌아다니면서 어떤 일들을 보았는가?"

응렴이 대답했다.

"행실이 아름다운 세 사람을 보았습니다."

왕은 그 이야기를 해 보라고 했다.

"남의 위에 있을 만한데도 겸손해서 남의 아랫자리에 앉은 사람이 있었는데 이것이 그 첫째입니다. 또 대단한 부자이면서도 검소하고 평이한 옷차림을 하는 사람이 있었는데, 그것이 그 둘째입니다. 셋째로는 존귀하고 세력이 있으면서도 위세를 부리지 않는 사람이 있었습니다. 그 세 사람에게서 많은 것을 배웠습니다."

왕은 이 말을 듣고 응렴의 사람됨이 현명함을 알았고 자신도 모르게 감동하여 눈물을 흘리면서 말했다.

"내게 두 딸이 있다. 아무나 택하여 혼인하도록 하라."

응렴은 뜻밖의 말에 황송해서 머리를 조아려 절하고 물러났다.

응렴이 이 소식을 전하자 그의 부모는 기뻐서 어쩔 줄 몰라했다. 그리고 둘러앉아 어느 공주와 혼인하는 것이 좋을지에 대해 의논했다. 모두들 용모가 변변치 못한 맏공주보다는 아름답기로 소문난 둘째 공주를 택하는 것이 좋겠다고 했다.

응렴이 이끄는 낭도 중 우두머리인 범교사가 이 소식을 듣고 집으로 찾아왔다.

"대왕께서 두 공주 중 한 분과 혼인하라 하셨다는데, 그게 사실입니까?"

"그렇습니다."

응렴의 대답에 범교사가 다시 물었다.

"어느 분을 맞으실 생각입니까?"

"부모님께서는 맏공주보다는 아우 되는 분이 좋겠다고 하십니다."

"만일 공께서 둘째 공주를 배필로 맞으신다면 저는 공이 보는 앞에서 죽을 것입니다. 그러나 만약 맏공주를 맞으신

다면 반드시 세 가지 좋은 일이 있을 테니 신중하게 생각하
십시오."

응렴은 범교사의 충고를 새겨들었다.

얼마 후, 왕이 응렴에게 사람을 보내 의향을 물었다. 응
렴은 맏공주를 맞겠다고 했다.

그후 석 달이 지났을 때 헌안왕은 병석에 누웠다. 병은
점점 깊어졌다. 왕은 자신이 일어날 수 없음을 알고 신하들
을 불러 놓고 말했다.

"내게는 아들도 손자도 없으니, 내가 죽은 뒤에는 맏딸
의 남편 응렴에게 왕위를 잇게 하라."

그 이튿날 헌안왕은 세상을 떠났다. 응렴이 왕의 유언
에 따라 왕위에 오르니 그가 경문왕이다.

遺 言
남길유 말씀언
4급 16획 6급 7획

범교사가 경문왕에게 말했다.

"전날 제가 말한 세 가지의 좋은 일이 모두 이루어졌습
니다. 맏공주를 아내로 맞으셨기 때문에, 첫째로 지금 왕
위에 오르셨고, 다음으로는 아름다운 둘째 공주도 이제 쉽
게 얻을 수 있게 되었습니다. 또 언니를 맞으심으로 해서
선왕과 왕비께서 무척 기뻐하셨으니 그것이 셋째로 좋은
일입니다."

왕은 범교사에게 고마움의 표시로 대덕이라는 벼슬을 내리고 황금 130냥을 주었다.

경문왕은 왕위에 오른 뒤로 귀가 커지기 시작해서, 마침내 당나귀 귀와 같이 되었다. 이 사실은 왕비도 궁인도 아무도 모르고, 단 한 사람 왕의 관을 만드는 복두장만 알고 있었다.

복두장은 왕의 비밀을 함부로 입 밖에 낼 수 없어 누구에게도 말하지 않았다. 그러나 하루 이틀도 아니고 평생을 품고 있자니 가슴이 답답해서 견딜 수가 없었다. 그러다가 죽을 때가 가까워지자, 한 번만이라도 시원하게 털어놓고 싶은 마음이 더욱 간절했다.

胸
가슴 흉
3급 10획

마침내 그는 도림사 옆 대나무 숲을 찾아가, 아무도 없는 곳에서 큰 소리로 외쳤다.

"임금님 귀는 당나귀 귀, 임금님 귀는 당나귀 귀."

그 뒤 바람만 불면 도림사 대나무 숲에서 소리가 울려 나왔다.

"임금님 귀는 당나귀 귀, 임금님 귀는 당나귀 귀."

왕은 화가 나서 그 대나무들을 모두 베고 대신 산수유를 심게 했다.

그 후에는 바람이 불면 단지 이런 소리가 들렸다.

"임금님 귀는 길기도 하다."

✳ 처용과 역신

신라는 제49대 헌강왕 때 가장 번영했다. 서라벌에 초가집은 한 채도 없고, 거리에는 항상 음악이 흐르고, 날씨도 좋아서 사시사철 순조롭기만 했다.

이와 같이 나라 안이 두루 태평하다 보니 왕도 풍류와 유람으로 세월을 보냈다.

어느 날, 왕은 신하들을 거느리고 *개운포 바닷가로 놀이를 나갔다. 놀이를 마치고 서울로 돌아오는 길에 물가에서 잠시 쉬고 있는데, 별안간 하늘이 온통 구름과 안개로 뒤덮였다. 훤하던 대낮이 컴컴하게 어두워지고 한 치 앞도 분간할 수가 없었다.

갑작스러운 일에 놀라 왕이 좌우의 신하들에게 까닭을 물었다.

그러자 천문을 살피는 일관이 아뢰었다.

日 官
날일 벼슬관
8급 4획　4급 8획

• 개운포(開雲浦) : 지금의 울주.

"이것은 동해의 용이 조화를 부린 것입니다. 뭔가 좋은 일을 베푸시면 풀어질 것입니다."

이에 왕은 동해의 용을 위해 그 근처에 절을 지어 주라고 명했다. 그 명령이 떨어지자마자 구름과 안개는 씻은 듯이 걷혔다. 그래서 왕 일행이 머물던 그곳을 개운포라고 부르게 되었다.

동해의 용은 기분이 좋아져 일곱 아들을 데리고 나와 춤을 추며 왕의 덕을 찬양했다. 그리고 아들 중 하나를 딸려 보내 왕을 돕게 했는데, 그가 바로 처용이다.

헌강왕은 처용이 동해로 돌아가고 싶은 생각이 나지 않도록 미녀를 그 아내로 짝지어 주고, 급간 벼슬을 내렸다.

처용의 아내는 매우 아름다웠다. 우연히 그녀를 본 *역신은 그 미모에 반해 사람의 몸으로 변신하여 밤중에 처용의 집으로 찾아갔다. 마침 처용은 집에 없었다. 역신은 처용의 아내와 함께 잠자리에 들었다.

처용이 밤늦게 집으로 돌아와 보니, 혼자 있어야 할 아내가 다른 남자와 함께 누워 있는 게 아닌가. 처용은 춤을 추고 노래를 지어 부르며 그 자리를 물러나왔다.

妻
아내 처
3급 8획

동경 밝은 달에 밤 깊도록 노닐다가
들어가 자리 보니 다리가 넷이로다.
둘은 내 것인데 둘은 뉘 것인고.
본디 내 것이었지만 빼앗김을 어찌할꼬.

• 역신(疫神) : 돌림병 같
은 재앙을 끼치는 귀신.

그 모습을 보고 역신이 처용 앞에 무릎을 꿇었다.

"제가 공의 아내를 사모해 오다가 오늘 밤 죄를 범했습니다. 그런데도 공은 성난 기색 하나 없으시니 참으로 감복할 따름입니다. 맹세코 앞으로는 공의 모습을 그린 화상만 보아도 그 집에 들어가지 않겠습니다."

氣 色
기운기 빛색
7급 10획 7급 6획

그때부터 사람들은 처용의 얼굴을 문에 그려 붙여서 귀신을 쫓고 복을 기원하게 되었다.

민족의 긍지와 《삼국유사》

《삼국유사》는 《삼국사기》와 마찬가지로 고구려·신라·백제 삼
국의 역사를 기록한 책이지만, 그 밖에 고조선·기자 및 위만조선을
비롯하여 가락국 등의 역사가 포함되어 있다. 특히 고조선에 관한 부분은 오
늘날 우리로 하여금 반만년의 유구한 역사를 자랑할 수 있고, 단군을 시조로
받드는 배달 민족의 긍지를 갖게 해 주었다. 만약 이 기록이 없었더라면, 우
리는 삼국시대 이전의 우리 역사를 중국의 《삼국지》 '동이전'에 겨우 의존
하는 초라함을 면할 수 없었을 것이다.

好樂好樂 **한자 노트**

전할전 | 총 13획 | 부수 人 | 5급
사람(亻)에게 오로지(專) 뜻을 전한다는 뜻이다.

傳記(전기) : 한 사람의 일생 동안의 행적을
　적은 기록.
傳來(전래) : 예로부터 전해 내려옴.
傳說(전설) : 옛날부터 전해 내려오는 말.
口傳(구전) : 말로 전해 내려옴.
偉人傳(위인전) : 뛰어나고 훌륭한 사람의
　업적과 삶을 적은 글.

놀며 배우는 파자놀이

양(羊)이 뿔과 꼬리가 빠지면 무슨 글자가 되는가?
≫ 임금 왕(王)이 된다.

처용가면(處容假面)

가면무의 하나인 처용무를 출 때 쓰는 탈로, 처용탈이라고도 한다. 처용가면은
붉은색의 얼굴에 광채가 나도록 채색을 해서 처용가에서 보는 바와 같이 덕스
러운 모습으로 만들어 사용한다. 처용가면에 씌운 사모는 대나무로 망을 얽어
종이를 발라 만들고 모란꽃을 그린다.

쉴휴 | 총 6획 | 부수 人 | 7급

사람(亻)이 나무(木) 그늘에 있으니, 쉰다는 뜻이다.

休校(휴교) : 학교가 학생을 가르치는 일을
　　　　한동안 쉼.

休日(휴일) : 일요일이나 공휴일 따위 일을
　　　　하지 않고 쉬는 날.

休學(휴학) : 병이나 그 밖의 사정으로 학교
　　　　에 적을 둔 채 일정 기간 쉬는 일.

休火山(휴화산) : 옛날에는 불을 뿜었으나
　　　　지금은 불 뿜는 일을 멈춘 산.

내가 찾은 속담

쉬려던 차에 넘어진다

≫ 마침 쉬려고 하던 차에 넘어지게 되었다는 뜻으로, 마음속으로 바라던
일에 대해 할 수 있는 조건이나 핑곗거리가 생김을 비유적으로 이르는 말.

✽ 거북아, 머리를 내밀어라

아직 나라도 없고 제도도 갖추어지기 전이었다. 그저 아도간, 여도간, 피도간, 오도간, 유수간, 유천간, 신천간, 오천간, 신귀간 등 9간, 곧 아홉 추장이 있을 뿐이었다.

아홉 추장들은 서로 의논하여 백성들을 다스렸다. 사람들은 제각기 산과 들에 무리를 지어 살며, 우물 파서 물 마시고 밭갈아 밥 먹을 정도의 생활을 꾸려 가고 있었다.

신라 유리왕 19년 3월 *계욕일, 사람들이 물가에 모여 바쁘게 움직이고 있을 때였다. 갑자기 북쪽의 구지 언덕에서 무슨 소리가 들려왔다. 가까이 다가가 보니 사람 목소리가 나는 것 같은데 모습은 보이지 않았다.

그때 다시 소리가 들려왔다.

"이곳에 누가 있느냐?"

아홉 추장들이 답했다.

"우리가 있습니다."

그 소리가 또 물었다.

"내가 있는 곳이 어딘가?"

그들은 응답했다.

聲
소리 성
4급 17획

• 계욕일(禊浴日) : 음력 3월 첫 기일(己日), 즉 기(己)가 붙은 간지가 일진으로 든 날에 액을 제한다는 의미로 물가에 모여 술을 마시는 풍속이 있었다.

"구지봉입니다."

소리는 엄숙한 어조로 말했다.

"하늘에서 내게 명하기를, 이곳에 나라를 세우고 임금이
되라고 하셨다. 그래서 내가 온 것이다. 너희는 봉우리 위
의 흙을 파면서 이렇게 노래하라.

거북아 거북아
머리를 내밀어라.
내밀지 않으면
구워서 먹으리라.

이 노래를 부르며 춤을 추면, 대왕을 맞아 기뻐하는 것으
로 알고 나타나리라."

그 말대로 추장들은 모두 기쁘게 노래하며 춤을 추었다.

이윽고 하늘에서 보랏빛 줄이 내려왔다. 그 줄 끝을 따
라가 보니 붉은 보자기에 싸인 금궤가 놓여 있었다. 그 궤
를 열어 보았다. 해같이 둥근 황금 알 여섯 개가 들어 있었
다. 사람들은 놀라고 기뻐하며, 그 앞에 엎드려 수없이 절
을 했다. 알이 담긴 금궤는 아도간의 집으로 옮기고 무리는

線
줄선
6급 15획

會
모일 회
6급 13획

각기 흩어졌다.

이튿날 동이 틀 무렵, 모두들 다시 모여 궤를 열어 보았다. 황금 알 여섯 개는 어느 새 여섯 명의 사내아이로 변해 있었다. 하나같이 용모가 뛰어나 한눈에 비범함을 알 수 있었다. 사람들은 그 앞에 엎드려 절하며 정성을 다해 모셨다.

사내아이들은 하루가 다르게 컸다. 10여 일이 지나니 키는 9척으로 은의 탕왕과 같았고, 눈썹은 여덟 가지 색이니 당의 요임금과 같았다. 얼굴은 용과 같아 한고조 유방에 비할 수 있었고, 눈동자가 둘씩 있는 것은 우의 순임금과 같았다.

그 달 보름, 여섯 명 중 처음 모습을 드러낸 사람이 왕위에 올랐다. 그가 바로 수로왕이다. 이때부터 나라를 대가락, 또는 가야국이라 불렀으니, 곧 6가야의 하나이다. 나머지 다섯 사람도 각각 5가야를 다스리는 임금이 되었다.

수로왕이 왕위에 오른 지 7년째 되던 해 7월 27일, 9간들이 왕에게 아뢰었다.

"대왕께서 하늘로부터 내려오신 지 여러 해가 되었지만

아직 좋은 배필을 만나지 못하셨습니다. 신들의 딸들 중 가장 **빼어난** 아이를 뽑아 배필로 삼도록 하시지요."

왕이 말했다.

"내가 이곳에 내려온 것은 하늘의 뜻이오. 그러니 내 짝이 될 사람도 또한 하늘이 마련해 두었을 것이오. 그대들은 염려 마오."

그로부터 얼마 후, 왕은 유천간에게는 빠른 배와 날랜 말을 가지고 망산도에 가서 기다리라고 명하고, 신귀간에게는 서울 바로 아래 승점에 나가 있으라고 명했다.

왕의 명대로 기다리고 있을 때, 가락국 앞 서남쪽 해상에서 붉은 돛을 단 배 한 척이 붉은 깃발을 휘날리며 북쪽을 향해 오고 있었다. 망산도에서 기다리던 유천간이 횃불을 올려 밝히자 배에 탔던 사람들이 앞다투어 내렸다. 승점에 있던 신귀간은 이 광경을 보고 얼른 궁으로 달려가 왕에게 아뢰었다.

光 景
빛광 별경
6급 6획 5급 12획

왕은 기뻐하며 9간에게 말했다.

"지금 도착한 저 배에는 나의 왕후 될 사람이 있소. 가장 좋은 배를 내어 궁으로 모셔 오도록 하오."

그러나 왕후는 9간의 영접을 뿌리쳤다.

"어찌 처음 보는 그대들을 경솔하게 따라가겠소?"

이 말을 전해 들은 왕은 몸소 신하들을 거느리고 궁에서 서남쪽으로 예순 걸음 정도 떨어진 산기슭에 나가 장막을 치고 기다렸다. 왕후는 별진포 나루에 배를 매어 두고 우뚝 솟은 산언덕에서 쉬었다. 거기서 왕후는 입고 있던 비단 치마를 벗어서 산신령에게 예물로 바쳤다.

왕후가 다시 일어나 가는데, 그 뒤로 신보와 조광이라는 두 신하와 그들의 아내 모정과 모량이 따랐다. 또 20여 명의 노비들이 금은보화를 짊어지고 그 뒤를 따랐다.

왕후가 가까이 오자, 왕은 나가서 맞아 장막 안으로 안내했다. 왕은 관원들에게 명하여 왕후를 따라온 두 신하에게 각각 방을 주어 편히 쉬게 하고, 노비들노 여러 방에 나누어 쉬게 했다. 그리고 맛있는 음식과 비단 이불을 내어 노고를 치하했다. 그런 뒤에 왕과 왕후는 함께 잠자리에 들었다.

왕후가 왕에게 조용히 말했다.

"저는 *아유타국의 공주입니다. 이름은 허황옥이라 하며 나이는 열여섯 살입니다. 올해 5월 어느 날, 저의 부모님께서 전날 밤 꿈에 하늘의 상제를 뵈었다면서 말씀하셨어요. '상제께서, 가락국의 임금 수로는 하늘이 내려보냈

上 帝
윗 상 임금 제
7급 3획 4급 9획

• 아유타국(阿踰陁國) : 인도의 한 나라.

으니 그야말로 신령스럽고 거룩한 사람이다. 그가 새로 나라를 세우고도 여러 해 동안 배필을 정하지 못하고 있다. 그대들은 그에게 공주를 보내어 아내로 삼게 하라 하시고는 도로 하늘로 올라가셨단다.' 부모님은 꿈에서 깬 뒤에도 상제의 말씀이 귀에 쟁쟁하다며 하루 빨리 수로 임금에게 가라고 하셨습니다. 저는 부모님의 말씀을 좇아 그 길로 아득한 여행길에 올랐습니다. 그리하여 이렇게 보잘것없는 얼굴로 귀하신 얼굴을 뵙게 되었으니, 기쁘기 그지없습니다."

왕이 미소를 지으며 답했다.

"나는 나면서부터 신통력이 있어, 공주가 멀리에서 올 것을 미리 알고 있었소. 그래서 신하들이 왕비를 맞으라고 성화를 해도 듣지 않았다오. 이제 아름답고 정숙한 그대가 왔으니 이 몸은 행복하오."

成 火
이룰성 불화
6급 7획 8급 4획

이틀이 지나고 다시 새 날이 밝았다. 왕후가 타고 온 배는 본국인 아유타국으로 돌려보내기로 했다. 배로 돌아갈 15명에게는 쌀 10섬과 베 30필씩을 주어 보냈다.

왕과 함께 궁에 도착한 왕후는 중궁에 거처를 정했다. 본국에서 따라온 신하 부부와 시종들에게는 널찍한 집 두 채를 주고 살도록 했다. 또 싣고 온 온갖 진기한 보물들은 궁궐 곳간에 보관하고 사시사철 필요에 따라 꺼내 썼다.

✳ 엇갈린 운명, 비류와 온조

백제를 세운 사람은 온조이다. 그의 아버지 주몽이 북부여에서 도망나와 도착한 졸본부여의 왕에게는 아들이 없이 딸만 셋 있었다. 왕은 주몽을 본 순간 비범한 인물임을 알고 둘째 딸을 주어 사위로 삼았다.

그 뒤 오래지 않아 졸본부여의 왕이 죽고 주몽이 그 자리를 이었다. 주몽에게는 북부여에서 낳은 아들과 졸본에 와서 새로 얻은 두 아들 비류와 온조 형제가 있었다.

배다른 형이 태자가 되자, 비류와 온조는 나중에 화를 입을까 우려하여 오간과 마려 등 열 명의 부하를 거느리고 남쪽으로 떠났다. 이때 많은 백성이 두 왕자를 따랐다.

비류와 온조는 한산 지방에 이르러, 터를 잡을 만한 땅을 찾아보았다. 비류는 바닷가 근처를 근거지로 잡으려 했다. 그러나 열 명의 신하가 입을 모아 반대했다.

反 對
돌이킬반 대할대
6급 4획 6급 14획

"하남 땅이 가장 적합합니다. 북쪽으로 한강을 끼고, 동쪽으로는 높은 산이 우뚝 솟아 있으며, 남쪽에는 기름진 평야가 펼쳐져 있고, 서쪽은 큰 바다로 막혀 있습니다. 더할 나위 없는 천연의 요새이니, 이곳을 도읍으로 정하는 것이 좋습니다."

비류는 부하들의 충고를 듣지 않았다. 결국 비류는 자기를 따르는 백성들을 데리고 *미추홀로 가서 자리를 잡았다. 동생 온조는 신하들의 말에 따라 하남 위례성에 도읍을 정하고 국호를 십제라 했다. 이때가 기원전 18년이다.

미추홀로 갔던 비류는 땅이 습하고 물이 짜서 살 수가 없었다. 위례성에 와 보니 한 나라의 서울로 손색이 없고 백성들도 편안히 잘 살고 있었다. 비류는 후회와 부끄러움으로 속을 썩이다가, 자신의 어리석음을 탓하며 죽고 말았다.

그가 죽은 뒤 미추홀에 있던 신하와 백성들은 모두 위례성으로 돌아왔다. 이후 국호를 백제로 고쳤다.

뒤에 성왕 16년 봄에 이르러 도읍을 사비성으로 옮기니 지금의 부여군이다.

平 野
평평할평 들야
7급 5획 6급 11획

• 미추홀(彌鄒忽) : 지금의 인천 부근.

핵심⁺ 불교를 통한 구국(救國)

일연은 《삼국유사》에서 불교 신앙적 측면을 강조하고 있다. 이것은 팔만대장경을 조판하여 부처의 힘으로 몽골의 침략으로부터 벗어나려 했던 것과 일맥상통한다고 볼 수 있다. 1281년 일연은 일본 원정에 나서는 여몽(麗蒙) 연합군을 격려하기 위해 국왕의 부름을 받아 경주에 갔다가, 몽골의 침입으로 불탄 황룡사의 황폐한 모습, 몽골의 지나친 물품 요구로 인한 백성들의 궁핍한 생활을 목격했다. 이런 경험들이 일연으로 하여금 《삼국유사》를 집필하게 한 것이다.

好樂好樂 한자 노트

빼어날수 | 총 7획 | 부수 禾 | 4급

벼(禾)가 곧(乃) 다른 것보다 먼저 팬다 하여, 빼어나다는 뜻이다.

秀麗(수려) : 빼어나게 아름다움.
秀作(수작) : 우수한 작품.
秀才(수재) : 머리가 좋고 재주가 뛰어난 사람.
俊秀(준수) : 재주와 슬기, 풍채가 빼어남.

놀며 배우는 파자놀이

물고기가 서울에 가면 무엇이 될까?

≫ 고래다. 물고기 어(魚)에 서울 경(京)이 합해지면 고래 경(鯨)자가 된다.

가야의 시조 수로왕이 하늘에서 내려왔다고 전해지는 곳이다. 원래는 거북 머리 모양을 닮았다 하여 구수봉(龜首峰)이라 했는데, 꼭대기에는 기원전 4세기경의 것으로 보이는 남방식 고인돌이 있다. 그 고인돌 위에 한석봉이 쓴 것이라 전해지는 '구지봉석(龜旨峰石)'이라는 글씨가 새겨져 있다.

옮길이 | 총 11획 | 부수 禾 | 4급

벼(禾)가 많은(多) 못자리에서 논에 옮겨 심는다는 뜻이다.

移民(이민) : 자기 나라를 떠나 다른 나라로 옮겨 가 사는 일.

移徙(이사) : 사는 곳을 다른 데로 옮김.

移植(이식) : 옮겨서 심음.

移職(이직) : 직장이나 직업을 옮김.

놀며 배우는 파자놀이

점 하나를 더하면 고체가 되고, 점 하나를 빼면 다시 액체가 되는 글자는?

≫ 물 수(水)자다. 水에 점을 더하면 氷(얼음 빙)이 되고, 빼면 다시 水가 된다.

✳ 서동과 선화공주

백제 제30대 무왕은 원래 이름이 장이다.

그는 홀어머니 밑에서 자랐다. 전하는 말에는, 그의 어머니가 서울 남쪽 못가에서 살다가 그 못의 용과 관계를 하여 무왕을 낳았다고 한다.

그는 어릴 때부터 마를 캐다 팔아 집안 살림을 도왔다. 그래서 모두들 그를 *서동이라고 불렀다. 어려운 생활 속에서도 그는 항상 다른 사람을 이해하고 돕는 마음을 잃지 않았다.

서동은 신라 진평왕의 셋째 공주 선화가 세상에 둘도 없이 아름답다는 소문을 듣고 무작정 서라벌로 왔다.

서동은 서라벌의 아이들에게 마를 나누어 주면서 접근했다. 아이들은 호감을 가지고 그를 따랐다. 아이들과 친해지자 서동은 자기가 지은 동요를 가르쳐 주며 부르고 다니게 했다.

好 感
좋을호 느낄감
4급 6획 6급 13획

선화공주님은 남몰래 시집가서
서동을 밤에 몰래 안고 간다.

• 서동(薯童) : 마 캐는 아이라는 뜻.

이 노래는 마을 아이들의 입에서 입으로 번져 나가 마침내는 대궐 안 왕의 귀에까지 들어갔다. 신하들은 이런 노래가 퍼지는 것은 선화공주가 부정한 행실을 했기 때문이니 즉시 유배를 보내야 한다고 주장했다. 일이 이렇게 되니 진평왕도 딸을 두둔할 수만은 없었다.

선화공주가 어이없는 누명을 쓰고 유배의 길을 떠날 때, 왕비는 눈물을 흘리며 황금 한 말을 노자로 주었다.

선화공주가 유배지를 향해 가고 있을 때였다. 길 옆에서 서동이 불쑥 나타났다. 서동은 자기가 공주를 모시고 가겠다며 말고삐를 잡았다. 그가 서동인 줄은 꿈에도 모른 채 선화공주는 어쩐지 믿음직스러워 그와 동행하기로 했다.

서동과 이야기를 나누며 즐겁게 가다 보니 어느새 선화공주는 그를 사랑하게 되었다. 그제야 선화공주는 서동의 이름을 알고 그 동요가 현실이 되었구나 하고 감탄했다.

現 實
나타날현 열매실
6급 11획 5급 14획

서동은 선화공주와 함께 백제로 왔다. 가난한 살림 형편을 보고 선화공주는 왕비가 준 황금을 서동 앞에 내놓았다.

그런데 서동은 놀라기는커녕 오히려 큰 소리로 웃으며 말했다.

"이게 무엇이오?"

"황금입니다. 이것만 있으면 평생 아무 걱정 없이 살 수 있을 거예요."

공주의 말에 서동은 고개를 갸웃거렸다.

"내가 어려서부터 마를 **캐던** 곳에는 이런 것이 흙처럼 쌓여 있던데……."

공주는 깜짝 놀랐다.

"당신이 황금 있는 곳을 아신다면, 그걸 우리 부모님이 계신 궁궐로 보내 드리면 어떨까요? 그러면 부모님도 저에 대한 걱정을 덜고 좋아하실 것입니다."

서동은 곧 황금을 모아들이기 시작했다. 삽시간에 황금이 커다란 언덕처럼 쌓였다. 이제는 그 많은 황금을 신라까지 보낼 일이 걱정이었다.

서동과 공주는 용화산 사자사의 지명법사를 찾아가 황금을 보낼 방책을 물었다.

지명법사는 선선히 고개를 끄덕였다.

"내가 보내 줄 테니, 걱정 말고 황금이나 가져오너라."

선화공주는 편지를 써서 황금과 함께 지명법사에게 맡겼다. 지명법사는 신통력을 써서 하룻밤 사이에 공주의 편지와 황금을 신라 궁궐에 옮겨놓았다.

探
캘채
4급 11획

진평왕은 그 기적 같은 일을 보고 너무나 놀랐다. 공주의 편지로 사정을 알게 된 왕은 지명법사의 신통력과 서동의 지혜와 도량에 감탄했다.

그후로 서동의 이름은 온 나라 안에 널리 퍼졌고, 마침내 인심을 얻어 왕위에 올랐다. 그가 바로 무왕이다.

✳ 하늘과 땅이 살피는 효자

손순은 모량리 사람으로 그의 아버지는 학산이라고 했다. 아버지가 세상을 떠난 후 손순은 아내와 함께 남의 집 품팔이를 해서 늙은 홀어머니를 봉양했다. 그 어머니의 이름은 운오였다.

奉 養
받들봉 기를양
5급 8획 5급 15획

손순에게는 어린 아들이 있었다. 그런데 그 아이가 늘 할머니의 밥을 빼앗아 먹곤 했다. 날마다 그런 일이 계속되니 손순은 송구스러워 어쩔 줄 몰라했다.

손순이 아내에게 말했다.

"자식은 또 얻을 수 있지만, 어머니는 다시 얻지 못하오. 저애가 늘 밥을 빼앗아 먹으니, 어머니가 얼마나 시장하시겠소? 차라리 저애를 땅에 묻어 버리고 어머니가 편안히 식사를 하실 수 있게 해 드립시다."

밤이 깊어 어머니도 아이도 잠이 들자, 손순은 아이를 업고 아내와 함께 마을 북쪽 들판으로 나갔다. 그러고는 아이를 묻을 구덩이를 파기 시작했다. 얼마나 파내려 갔을까. 문득 뭔가 걸리는 느낌이 들었다. 깜짝 놀라 파 보니 뜻밖에도 훌륭한 돌종이 나왔다. 옆에 있는 나무에 걸어 놓고 쳐 보니, 은은한 소리가 들을 만했다.

손순의 아내가 말했다.

"이렇게 신기한 보물을 얻은 것도 이 아이의 복인 듯하니, 묻지 말고 데려가도록 해요."

손순 역시 그렇게 생각되어 아이와 돌종을 지고 다시 집으로 돌아왔다.

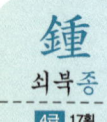

鍾
쇠북종

4급 17획

그날부터 종을 대들보에 매달아 두고 아침 저녁으로 한 번씩 쳤는데, 그 소리가 궁궐에까지 들렸다.

당시 임금이었던 흥덕왕이 신하들에게 말했다.

"서쪽 교외에서 이상한 종소리가 들려오는데, 그 소리가 비할 데 없이 맑고 아름답다. 예사 종이 아닌 듯하니 얼른 가서 알아보도록 하라."

왕의 명을 받고 가 보니 모량리 손순의 집 대들보에 돌종이 걸려 있는데, 바로 거기서 나는 소리였다. 그 종을 구하게 된 경위를 들은 사자가 돌아와 왕에게 그대로 보고했다.

왕이 말했다.

"옛날에 곽거가 자식을 묻으려 하자 하늘이 금솥을 내리더니, 오늘날 손순이 자식을 묻으려 하니 땅이 돌종을 솟아나게 했구나. 두 효자를 하늘과 땅이 함께 살피신 것이 아니고 무엇이랴."

그리고 손순의 효성을 가상히 여겨 집 한 채를 하사하고 해마다 벼 50섬씩을 주도록 했다.

孝 誠
효도효 정성성
7급 7획 4급 14획

손순은 살던 집을 바쳐 절을 짓고는 홍효사라 하고, 틀에서 얻은 그 돌종을 소중히 모셨다. 진성여왕 때 후백제군이 쳐들어오는 난리를 겪은 후 종은 어디론가 없어지고 절만 남았다.

✽ 참된 효도

신라 진성여왕 때 일이다.

화랑 효종랑이 포석정에서 놀이를 하기로 했다. 함께 가기로 한 낭도들은 다 모였는데, 유독 두 사람이 뒤늦게 헐레벌떡 뛰어왔다. 효종랑은 그들에게 늦은 까닭을 물었다.

그들이 대답했다.

"오다가 참으로 마음 아픈 광경을 보았습니다. 분황사 동쪽 마을에 이르렀을 때였지요. 스물이 갓 넘었을까 말까 한 처녀가 눈먼 어머니를 부둥켜안고 목놓아 울고 있기에, 마을 사람들에게 까닭을 물었습니다.

사람들 말에 의하면, 그 처녀는 집에 밭 한 뙈기 없이 너무 가난해서 음식을 빌어다가 어머니를 봉양해 왔답니다. 그런데 올해는 흉년이 들어 남의 집에 가서 얻어 오기도 어렵게 되지 이 대갓집에 몸을 팔아 종으로 늘어갔답니다. 몸값으로 곡식 30석을 받은 처녀는 그걸 주인집에 맡겨놓고, 날이 저물면 쌀을 갖고 돌아와서 밥을 지어 드리고, 다음날 새벽이 되면 다시 주인집에 가서 일을 하곤 했답니다.

그렇게 며칠이 지났는데, 어제 눈먼 어머니가 '전에는 거친 음식을 먹어도 마음이 편했는데, 요즘에는 좋은 음식을 먹어도 속이 찌르는 것처럼 아프니 어찌 된 일이냐?' 하고 묻더랍니다. 그 처녀가 할 수 없이 사실대로 말씀드렸더

貧
가난할 빈
4급 11획

니 어머니는 그만 통곡을 하고, 처녀도 자기가 어머니 배나 부르게 할 줄 알았지 그 마음을 즐겁게 해 드리지 못했음을 한탄하며 그렇게 부둥켜안고 슬퍼했다는 겁니다. 그 광경을 보고 있노라니 마음이 어찌나 안됐던지……. 그래서 이렇게 늦었습니다."

효종랑은 잠자코 듣고 있더니 곧 곡식 1백 석을 그 처녀의 집으로 보내 주었다. 효종랑의 부모도 의복을 보내고, 그의 휘하에 있는 낭도 천 명은 벼 1천 석을 거두어 보냈다.

뒤늦게 이 일을 알게 된 진성여왕은 곡식 5백 석과 집 한 채를 하사하고, 군졸들을 보내 그 집을 지켜 도둑을 막게 했다. 그리고 그 처녀가 사는 마을에 정문을 세워 효양리라 했다.

나중에 두 모녀는 집을 바쳐 절을 지었다. 그 절 이름은 양효사였다.

軍 卒
군사군 마칠졸
8급 9획 5급 8획

핵심⁺ 《삼국유사》에 나오는 향가(鄕歌)

향가란 한자의 음과 뜻을 빌린 향찰로 쓴 신라 때의 노래를 말한다. 민요적·불교적인 내용에, 그 작가는 귀족·승려·평민 등 다양하다. 《삼국유사》에는 모죽지랑가·헌화가·안민가·찬기파랑가·처용가·서동요·도천수관음가·풍요·원왕생가·도솔가·제망매가·혜성가·원가·우적가 등 모두 14수의 향가가 나온다.

好樂好樂 한자 노트

도울조 | 총 7획 | 부수 力 | 4급

남의 일에 힘(力)을 쓰니, 돕는다는 뜻이다.

助力(조력) : 힘을 써 도와줌.
助手(조수) : 어떤 책임자 밑에서 지도를 받으며 그 일을 도와주는 사람.
助言(조언) : 말로 거들거나 깨우쳐 주어서 도움.
協助(협조) : 힘을 보태어 서로 도움.

내가 찾은 사자성어

도울조 길장
助 長
조   장

내용 » 원래는 '도와서 자라나게 한다'는 뜻이지만, 일을 그릇된 방향으로 도울 때 쓰는 말이다.

포석정(鮑石亭)

경주 남산 서쪽 기슭에 있다. 신라 때 역대 왕들이 전복 모양의 돌로 된 수로에 술잔을 띄워 놓고 시를 읊으며 연회를 하던 장소였다. 927년 경애왕이 이곳에서 연회를 베풀 때 후백제 견훤의 습격을 받아 붙잡히게 되자 스스로 목숨을 끊도록 강요받았다.

들야 | 총 11획 | 부수 里 | 6급

사람에게 곡식을 키워 주는(予) 논(土) 밭(田)이 있는 '들'을 뜻한다.

野山(야산) : 들 가까이의 나지막한 산.

野生(야생) : 산이나 들에서 저절로 나서 자람.

野心(야심) : 무엇을 이루어 보겠다고 마음속에 품고 있는 욕망이나 소망.

草野(초야) : 풀이 난 들이라는 뜻으로, 외따로 떨어진 시골을 이르는 말.

내가 찾은 속담

들녘 소경 머루 먹듯

≫ 멋도 모르고 덤벙댄다는 말.

✳ 김현과 호랑이 처녀

　신라에는 해마다 2월이 되면 초여드렛날부터 보름날까지 장안의 남녀들이 모여 흥륜사 전탑을 돌며 복을 비는 풍속이 있었다.

　원성왕 때의 일이다. 김현이라는 총각이 밤이 깊도록 홀로 탑을 돌며 기도를 하고 있었다. 그런데 한 처녀가 **염불**을 하며 그 뒤를 따라 돌았다. 다른 사람들은 다 돌아가고 오직 둘만 남아 탑을 돌다 보니 어느새 둘은 서로에게 호감을 느꼈다. 탑돌이를 마친 두 사람은 조용한 곳에서 정을 통했다.

　김현은 혼자 집으로 돌아가려는 처녀를 따라나섰다. 처녀는 거절했으나 김현은 굳이 그녀를 따라갔다. 서산 기슭에 이르니 오두막 한 채가 있었다.

　집 안에 있던 노파가 처녀에게 물었다.

　"널 따라온 이 사람은 누구냐?"

　처녀는 그날 밤에 있었던 일을 숨김없이 털어놓았다.

　처녀의 이야기를 듣고 노파가 말했다.

　"좋은 일이긴 하지만 차라리 없었던 게 나았다. 하지만

念 佛
생각 념　부처 불
5급 8획　4급 7획

이미 엎지러진 물을 탓해서 뭘하겠느냐. 아무도 모르는 곳에 잘 숨겨 주어라. 네 오라비들이 돌아오면 끔찍한 짓을 저지르지 않을까 두렵다."

처녀는 김현을 이끌어 깊숙한 곳에 숨겼다.

조금 있으려니까 오두막 입구가 떠들썩해지면서 사나운 호랑이 세 마리가 으르렁거리며 들어왔다. 호랑이들은 오두막 안을 둘러보더니 사람의 말로 지껄였다.

入 口
들입 입구
7급 2획 7급 3획

"집 안에서 비린내가 나는군. 마침 시장하던 참인데 잘 됐다. 얼른 요기부터 해야지."

노파는 일부러 큰 소리로 꾸짖었다.

"코가 어떻게 된 모양이구나. 무슨 비린내가 난다고 그런 정신 나간 소릴 하는 거야?"

그때 하늘에서 소리가 들려왔다.

"너희는 그 동안 많은 생명을 해치고도 잘못을 뉘우치기는커녕 오히려 재미있어 하니, 마땅히 너희 중 한 놈을 죽여 그 악행을 징계하리라."

세 호랑이들은 하늘에서 들려오는 이 소리에 모두 풀이 죽어 근심에 잠겼다.

처녀가 그들에게 말했다.

"세 오빠가 멀리 피해 가서 지금부터라도 잘못을 뉘우치고 착하게 살겠다면, 내가 그 벌을 대신 받을게요."

그 말에 세 호랑이들은 뛸 듯이 좋아하며, 머리를 숙이고 꼬리를 만 채 슬그머니 달아나 버렸다.

처녀는 김현이 숨어 있는 곳으로 들어가서 말했다.

"아까 제가 저희 집에 오시지 못하게 막은 것은, 도련님께 이런 모습을 보이게 될까 부끄러웠기 때문이에요. 하지만 이제 모든 것이 다 드러난 마당에 무엇을 더 숨기겠습니까? 이 몸이 비록 도련님과 같은 족속은 아니지만, 이제 하룻밤을 모셨으니 그 의리는 부부로서의 결합만큼이나 소중한 것입니다. 저의 오빠들의 악행을 하늘이 미워하여 벌하려 하시니 집안의 재앙을 제가 감당하고자 합니다. 이왕죽을 목숨, 모르는 사람의 손에 죽는 것보다는 차라리 도련님의 칼 아래 쓰러져 그 소중한 인연에 보답하는 게 좋지 않겠습니까?

제가 내일 거리로 내려가 사람들을 해치며 한바탕 소란을 피우겠습니다. 그러면 필경 임금께서 높은 벼슬과 상을 걸고 저를 잡을 사람을 찾을 것입니다. 그때 도련님은 조금도 겁내지 마시고 도성 북쪽 숲속으로 저를 쫓아오십시오.

結 合
맺을결 합할합
5급 12획 6급 6획

거기서 제가 기다리고 있겠습니다."

김현이 정신을 가다듬고 대답했다.

"사람은 사람과 사귀는 것이 도리지만, 다른 족속인데도 교합하는 것은 보통 일이 아니오. 이미 그대와 사랑하여 하룻밤을 보냈으니, 이는 하늘이 정한 바요. 어찌 배필의 죽음을 팔아서 요행으로 한세상의 벼슬과 영화를 구할 수 있겠소?"

"도련님께서는 그런 말씀 마십시오. 제가 일찍 죽는 것은 하늘의 명이요 또한 저의 소원입니다. 그리고 그것은 도련님께는 큰 경사고 저희 일족의 복이며 이 나라 사람들의 기쁨입니다. 한번 죽어서 이렇게 다섯 가지 이로움을 얻을 수 있는데, 어찌 그것을 나쁘다 하겠습니까? 다만 저를 위해 절을 세우고 불경을 낭송하여 좋은 *업보를 빌어 주시면, 도련님의 은혜 죽어도 잊지 않을 것입니다."

一 族
한일 겨레족
8급 1획 6급 11획

마침내 둘은 울며 헤어졌다.

다음날, 과연 사나운 호랑이 한 마리가 도성 안에 들어와 미친듯이 날뛰는데 어찌나 사나운지 아무도 감당할 자가 없었다.

원성왕은 그 보고를 받고 영을 내렸다.

• 업보(業報) : 불교에서 착한 일이든 악한 일이든 자신이 저지른 일로 말미암아 그 대가로 받는 것.

"호랑이를 잡아 죽이는 자에게는 관작 2급을 주리라."

김현은 곧 대궐로 들어가 자기가 그 호랑이를 잡아 오겠다고 했다.

왕은 모두 두려워서 나서지 않는데 한 젊은이가 용감하게 나서는 것을 보고 흐뭇해 하며 먼저 관작을 주고 격려했다.

김현은 단도를 옆에 차고 어젯밤 처녀와 약속한 도성 북쪽의 숲속으로 들어갔다. 호랑이는 처녀로 변해 반갑게 웃으며 김현을 맞아 주었다.

"어젯밤 도련님께 드린 말씀을 잊지 않으셨군요. 오늘 제 발톱에 상처를 입은 사람들은, 흥륜사 된장을 바르고 그 절의 나발 소리를 들으면 깨끗이 나을 것입니다."

처녀는 말을 마치자마자 김현이 옆구리에 차고 있던 단도를 뽑아 스스로 목을 찌르고 쓰러졌다. 김현은 자신을 위해 몸을 바친 그 호랑이 처녀의 시체 앞에 엎드려 소리 높여 울었다.

이윽고 마음을 가라앉힌 김현은 숲에서 천천히 걸어나와 소리쳤다.

"호랑이를 잡았소!"

短 刀
짧을단 칼도
6급 12획 3급 2획

그러고는 처녀가 가르쳐 준 처방대로 그날 호랑이에게 다친 사람들을 치료했더니 상처가 모두 아물었다.

김현은 벼슬길에 나아간 뒤 서천가에 절을 짓고 호원사라 불렀다. 그리고 항상《범강경》을 외우며 그 호랑이의 명복을 빌고, 제 몸을 희생하여 자신을 출세시킨 호랑이의 은혜에 보답했다.

김현은 죽을 날이 가까워 오자 비로소 붓을 들어 그 신기한 옛일을 기록했다. 비로소 사연을 알게 된 세상 사람들은 호랑이가 들어가 죽은 그 숲을 논호림이라 불렀다.

✳ 신라에 불교를 전한 아도

신라 제19대 눌지왕 때의 일이다.

묵호자라는 고구려의 수도승이 경북 선산 지방으로 들어왔다. 그 고을에 살던 모례가 혹시 봉변이라도 당할까 염려하여 그를 자기 집으로 불러들였다. 그리고 집 안에 굴을 파고 그를 그곳에 머물게 했다.

바로 그 무렵, 중국 양나라에서 의복류와 향을 보내왔다.

逢 變
만날 봉 변할 변
3급 11획 5급 23획

그러나 신라의 왕이나 신하들은 향을 처음 보았으므로 어디에 어떻게 써야 할지 몰랐다. 왕은 답답한 나머지 향을 가지고 온 나라 안을 돌아다니며 물어 보게 했다.

묵호자가 그것을 보고 그 쓰임과 효능에 대해 자세히 설명해 주었다.

"이것은 향이라는 물건입니다. 불에 태우면 진한 향기를 풍기지요. 그래서 어떤 신성한 존재에게 정성을 드릴 때 쓴답니다. 신성한 존재로는 불교에서 말하는 삼보, 즉, 불ㆍ

三 寶
석삼 보배보
8급 3획　4급 20획

법 · 승보다 귀한 것이 없으니, 향을 피우고 빌면 반드시 영험이 있을 것입니다."

이 말을 듣고 왕은 묵호자를 대궐로 불렀다. 때마침 공주가 병이 들어 몹시 위독했던 것이다.

묵호자가 향을 피우며 정성껏 기도를 드리자 공주의 병이 곧 나았다. 왕은 기뻐하며 후하게 상을 내렸다.

그런 일이 있은 지 얼마 안 되어 묵호자는 돌연 신라에서 자취를 감추었다.

그 뒤 제21대 소지왕 때였다. 아도화상이 세 명의 제자와 함께 다시 모례의 집을 찾아왔다. 그런데 그 생김새가 묵호자와 비슷했다. 그는 모례의 집에서 몇 년 간 머물며 인근 사람들에게 부처의 가르침을 전했다.

그러던 어느 날, 아도화상은 병을 앓지도 않고 갑자기 운명했다. 죽은 것이 아니라 마치 자는 듯했다.

그후에도 제자들은 그대로 남아서 불경을 설명하고 교리를 전파했다. 그러는 동안 차츰 불교를 따르는 사람들이 생겼다.

教 理
가르칠교 다스릴리
8급 11획　6급 11획

✳ 순교자 이차돈

신라 법흥왕 14년인 527년, 이차돈이 불법을 위해 제 몸을 희생했다. 그 순교에 관한 일은 남간사 승려 일념의 기록에 자세하게 전한다.

독실한 불교 신자였던 법흥왕이 신하들에게 말했다.

"옛날 중국 한나라의 명제가 꿈에 부처님의 계시를 받고부터 불교가 동쪽으로 전해지게 되었다. 왕위에 오른 이후 나는 만백성을 위해 기도하고 수양할 절을 짓기를 염원해 왔다. 내 생각에 지금이 바로 그 일을 하기에 좋은 때라 여겨지는데, 그대들은 어떻게 생각하는가?"

그러나 신하들은 왕의 뜻을 헤아리지 못하고, 재정이 아직 넉넉하지 못한 때 절을 짓는 것은 국고 낭비라고 반대했다. 그보다는 차라리 성을 쌓고 무기를 만드는 편이 나라에 훨씬 도움이 되리라는 것이었다.

자신의 뜻을 몰라주는 신하들에게 왕은 크게 실망했다. 그런데 이런 왕의 속마음을 꿰뚫어본 신하가 있었다. 그가 바로 이차돈이다.

財 政
재물재 정사정
5급 10획 4급 9획

이차돈의 아버지는 누구인지 알 수 없고, 할아버지가 아진 벼슬을 지냈다고 전해진다. 이차돈은 성격이 대쪽 같고 청렴결백해서 일찍부터 많은 사람의 기대를 모았다. 더구나 조상 때부터 선행을 많이 베풀기로 유명한 집안의 자손인지라 모두들 장래 조정의 중신이 되어 충성을 다할 것으로 믿고 있었다.

將 來
장수장 올래
4급 11획 7급 8획

그때 이차돈의 나이는 스물두 살로, 벼슬길에 들어선 지 얼마 안 된 하급 관리였지만 왕의 오랜 염원을 눈치채고 아뢰었다.

"소신이 들으니 옛 사람은 미천한 농부에게도 그 계략을 물었다고 합니다. 비록 소신이 미천하지만, 감히 대왕이 뜻하시는 바를 알고자 합니다."

왕은 한 마디로 딱 잘라 물리쳤다.

"네 알 바 아니다."

이차돈이 다시 아뢰었다.

"나라를 위해 목숨을 바치는 것은 신하의 절개이고 임금을 위해 죽는 것은 백성 된 자의 도리라 했습니다. 대왕께서는 임금의 뜻하는 바를 잘못 전했다는 핑계를 대시고 소신의 목을 베십시오. 그러면 만인이 엎드려 감히 대왕의 명령을 어기지 못할 것입니다."

왕은 이차돈의 말에 깜짝 놀랐다. 뜻밖에도 젊은 신하가 자신의 속마음을 알아채고 제 목숨을 던져 왕의 뜻을 이루고자 나섰다는 것이 놀랍고 감격스러웠다.

왕은 이차돈을 타일렀다.

"살을 저미고 몸을 덜어서라도 한 마리 새를 살려 내고, 피를 뿌리고 목숨을 꺾어서라도 짐승을 불쌍히 여긴다고 들었다. 나의 뜻은 백성을 이롭게 하려는 것인데, 어찌 죄 없는 사람을 죽이겠느냐? 네가 공덕을 쌓고자 하는 것은 알겠으나 오히려 죄가 될 일이다."

그래도 이차돈은 생각을 바꾸지 않았다.

"가장 버리기 어려운 것은 그 생명임을 압니다. 그러나 소신이 저녁에 죽음으로써 아침에 큰 가르침이 이루어져 부처님 세상이 환하게 밝아 오고 대왕께서 편안하게 되신다면, 그 이상 더 바랄 것이 없습니다."

왕은 탄복했다.

"봉황의 새끼는 어려서도 하늘로 솟구칠 큰 뜻이 있고 기러기나 고니의 새끼는 날 때부터 파도를 끊을 기세를 품는다더니, 바로 너를 두고 한 말이로구나. 가히 큰 선비의

功 德
공공 큰덕
6급 5획 5급 15획

행실이로다."

왕은 그 뜻이 바뀌지 않을 것을 알고 이차돈의 말에 따르기로 했다. 그리하여 시퍼런 칼을 든 군졸들을 세워 놓고 사방에 두루 형틀을 벌여 놓은 다음 모든 신하들을 불러들였다.

왕이 짐짓 노기 띤 목소리로 물었다.

"그대들이 내가 절을 지으려 한다는 소문을 냈는가?"

신하들은 어쩔 줄 몰라하면서 그런 일이 없노라고 손을 들어 맹세했다.

그러자 왕은 이차돈을 불러 꾸짖었다.

"내가 한 말을 제대로 전하지 못해서 이처럼 임금과 신하 사이를 어지럽히고 왕명을 욕되게 했으니, 네 죄를 네가 알렸다?"

王 命
임금왕 목숨명
8급 4획 7급 8획

이차돈은 고개를 떨군 채 잠자코 있었다.

왕은 크게 노해서 지금 당장 이차돈의 목을 베라고 소리쳤다. 군졸들이 우르르 달려들어 이차돈을 형틀 쪽으로 끌고 갔다. 그 광경을 지켜보던 신하들은 얼굴이 새파랗게 질렸다.

이차돈은 죽음이 코앞에 닥쳤는데도 조금도 흔들리지 않

았다. 그는 담담한 표정으로 하늘에 빌었다.

"대왕께서 불교를 일으키고자 하시므로 제가 목숨을 던져 얽힌 인연들을 버리니, 하늘은 두루 여러 사람들에게 징표를 보여 주소서."

이윽고 형리가 이차돈의 목을 베었다. 순간 그의 목에서는 붉은 피 대신 흰 빛깔의 젖이 한 길이나 치솟았다. 저녁 햇살은 빛을 감추고, 땅이 진동하며 하늘에서는 꽃비가 내리기 시작했다. 샘물은 말라 물고기며 자라가 다투어 뛰어오르고 나무는 부러져 잔나비가 몰려가며 울었다.

왕도 슬퍼하며 눈물로 옷자락을 적시고, 신하들은 걱정스러워서 관에 땀이 내뱄다. 함께 놀던 친구들은 마치 부모를 잃은 듯 애끓는 통곡을 멈추지 않았다.

모두들 말했다.

"옛날에 개자추가 자신의 다릿살을 베어 주군을 섬긴 것도 이차돈의 충절에는 비할 수가 없고, 홍연이 배를 갈라 주인의 시신을 거둔 것도 이차돈의 장렬함에는 견줄 수가 없다."

壯 烈
장할 장 매울 렬
4급 7회 4급 10회

이차돈의 시신은 경주 금강산 서쪽 고개에 장사지냈다. 이차돈의 아내가 그를 애도하여 좋은 터를 골라 절을 짓고 이름을 자추사라고 했다.

  이후로 신라에는 불교가 크게 일어나, 절들이 별처럼 곳곳에 들어서고 탑들은 기러기 떼처럼 늘어서게 되었다. 훌륭한 스님들이 나타나 세상 사람들을 가르쳤으며, 저 멀리 인도와 중국으로부터 고승들의 발길이 끊이지 않았다.

印 度
도장인 법도도
4급 6획 6급 9획

일연과 인각사 (麟角寺)

　　1283년 일연은 승려 중 가장 높은 국존이 되어 왕실 상하의 존경을 받았으나, 늙은 어머니 생각에 왕의 만류를 뿌리치고 고향 경산으로 돌아갔다. 그 이듬해 어머니가 돌아가시자 나라에서는 그의 고향에서 멀지 않은 군위에 있는 인각사를 수리하고 머물게 했다. 1289년 여든네 살로 입적할 때까지 머물렀던 인각사에는 그의 이름을 기리려고 충렬왕 때 세운 사리탑과 비석이 남아 있다.

好樂好樂 한자 노트

착할선 | 총 12획 | 부수 口 | 5급

양(羊)은 풀(艹)만 입(口)으로 먹으니, 착하다는 뜻이다.

善良(선량) : 행실이나 성질이 착함.

善心(선심) : 남에게 베푸는 후한 마음.

善惡(선악) : 착한 것과 악한 것을 아울러 이르는 말.

善行(선행) : 착하고 어진 행실.

놀며 배우는 파자놀이

한 집안에 열여덟 명의 아이가 있는 글자는?

》 오얏 리(李)자다. 李자를 쪼개면 十(열 십), 八(여덟 팔), 子(아들 자)로 되어 있다.

개자추(介子推)

중국 춘추시대의 선비. 진(晉)나라 문공(文公)이 아버지 헌공에게 추방되었을 때, 19년 동안 함께 망명 생활을 하며 고생했다. 그러나 문공이 귀국하여 왕이 된 후 자신을 멀리하자 면산에 들어가 숨어 살았다. 문공이 잘못을 뉘우치고 그를 불렀으나 나오지 않았다. 문공은 그를 나오게 하기 위해 산에다 불을 질렀지만, 끝내 나오지 않고 타 죽었다.

믿을신 | 총 9획 | 부수 人 | 6급

사람(亻)의 말(言)은 믿음이 있어야 한다는 뜻이다.

信用(신용) : 사람이나 사물이 틀림없다고 믿어 의심하지 아니함.

信者(신자) : 종교를 믿는 사람.

不信(불신) : 믿지 않음. 또는 믿을 수 없음.

所信(소신) : 굳게 믿고 있는 바. 또는 생각 하는 바.

내가 찾은 속담

믿는 도끼에 발등 찍힌다

≫ 잘되리라고 믿고 있던 일이 어긋나거나 믿고 있던 사람이 배반하여 오히려 해를 입음을 비유적으로 이르는 말.

✳ 막힌 데 없는 일생, 원효대사

원효대사의 속세의 성은 설씨로, 압량군 남쪽 불지촌 북쪽에 있는 율곡의 사라수 아래에서 태어났다. 불지촌이라는 마을 이름은 발지촌이라고도 하며, 사라수라는 나무에는 이런 유래가 있다.

원효의 집은 원래 율곡 서남쪽에 있었다. 그 어머니가 원효를 잉태하여 만삭의 몸으로 율곡의 밤나무 아래를 지나다가 갑자기 해산을 하게 되었다. 몹시 급해서 집으로 돌아갈 수도 없고 할 수 없이 그 남편의 옷을 나무에 걸어 두고 거기에 누웠다. 그래서 그 밤나무를 '사라수'라고 부르게 되었다. 그 나무는 열매가 보통 것과 달리 특이해서 지금도 그것을 사라율이라 부른다.

옛날 어떤 절의 주지가 그 노비들에게 하루 저녁 끼니로 한 사람 앞에 밤 두 톨씩을 나누어 주곤 했다. 노비들은 불만이 쌓여서 마침내 관가에 주지를 고발했다. 관리가 이상해서 그 밤을 가져다 살펴보았다. 그랬더니 밤 하나가 그릇 하나에 꽉 찰 만큼 엄청나게 컸다. 그러자 그 관리는 앞으로는 노비 한 사람에게 밤 한 톨씩만 주라고 판결을 내렸

住 持
살 주 가질 지
7급 7획 4급 9획

다. 그때부터 그 밤나무가 있는 골짜기를 율곡이라 부르게
되었다.

　원효는 출가하고 나서 자기 집을 바쳐 절로 만들고 이름
을 초개사라 했다. 또 자신이 태어난 그 밤나무 옆에도 절
을 지어 사라사라고 했다.

　원효의 어릴 때 이름은 서당인데 집에서는 보통 신당이
라 불렀다. 그 어머니는 유성이 품 안으로 들어오는 꿈을
꾸고 나서 원효를 잉태했는데, 해산할 때는 오색구름이 땅
을 뒤덮었다.

　원효가 태어난 것은 진평왕 39년의 일이다. 그는 날 때
부터 남달리 영리해서 스승을 모시지 않고 독학으로 공부
했다.

獨　學
홀로독 배울학
5급 16획　8급 16획

　어느 날, 원효가 아침부터 거리를 돌아다니며 큰 소리로
이런 노래를 불렀다.

누가 자루 없는 도끼를 빌려주려나
하늘 받칠 기둥을 찍어 내리라.

사람들은 모두 그 노래의 뜻을 알아차리지 못했다.

그런데 태종무열왕이 듣고는 무릎을 탁 쳤다.

"스님이 귀부인을 얻어 훌륭한 아들을 낳고 싶은 모양이
구나. 나라에 훌륭한 인재가 생기면 그보다 더 좋은 일은
없지."

그때 요석궁에 홀로 된 공주가 있었다. 무열왕은 원효를
찾아 요석궁으로 안내하게 했다.

관리들이 원효를 찾아나섰을 때, 그는 이미 일이 그렇게
될 줄 알고 먼저 문천교 다리로 나가 기다렸다. 관리들의
모습이 보이자 원효는 모르는 척하고 다리를 건너오다가
일부러 발을 헛딛어 물에 빠졌다. 관리들은 원효를 건져 내
어 요석궁으로 데려갔다. 원효는 젖은 옷을 말린다는 핑계
로 옷을 벗고 궁에서 머물렀다.

요석공주가 임신하여 아이를 낳으니, 그가 바로 설총이
다. 설총은 나면서부터 어찌나 총명하던지 어릴 때 이미
경서와 사기에 통달했으니, 신라 십현 가운데 한 사람이
다. 그는 *이두를 만들어서 그때까지 중국어로만 통하던
중국과 우리나라의 문물을 우리 식으로 표현할 수 있게끔
했다.

원효는 파계해서 설총을 낳은 후로는 속세 사람들이 입

經 書
지날경 글서
4급 13획 6급 10획

• 이두(吏讀) : 한자의 음
과 뜻을 빌려 우리말을
적은 표기법.

는 옷을 입고 다니며 스스로 소성거사라 일컬었다.

　어느 날, 원효는 우연히 광대들이 춤출 때 쓰는 커다란 뒤웅박을 얻었다. 그는 문득 한 가지 생각이 떠올라, 그 모양을 따라 도구를 만들어《화엄경》의 '일체 막힌 데가 없는 사람은 한 길로 생사의 길에서 벗어난다'는 구절에 의거하여 그 이름을 '무애'라고 지었다. 그리고 거기에 해당하는《무애가》라는 노래를 지어 세상에 퍼뜨렸다.

　원효는 그 도구를 들고 온 나라 안의 수많은 마을을 돌아다니며 노래와 춤으로 사람들을 교화했다. 노래와 춤으로 어려운 교리를 설명하는 원효의 독특한 방법 때문에 승려들 중에도 못마땅하게 여기는 이도 많았다. 그러나 산골 오두막의 더벅머리 아이들까지 부처님의 이름을 알고 나무아미타불을 외우게 만든 것은 그가 아니면 할 수 없는 일이었다.

道 具
길 도　갖출 구
7급 13획　5급 8획

　'원효'라는 법명은 스스로 지은 것인데, '부처님의 세상을 처음으로 빛나게 한다'는 뜻으로 원래 우리말의 '새벽'이라는 말에서 유래한 것이다. 원효가 이룬 업적을 생각할 때, 참으로 그 이름대로임을 알 수 있다. 원효는 이와 같이 대중들에게 널리 부처의 가르침을 전했을 뿐 아니라,《화

解說
풀해 말씀설
4급 13획 5급 14획

엄경》과 《금강삼매경》에 대한 해설을 썼다.

원효대사가 *입적하자 아들 설총은 그 유해를 화장했다. 그리고 그 가루로 살아 있을 때의 모습을 만들어 분황사에 모셔 놓고 아버지에 대한 존경과 사랑의 뜻을 표했다.

어느 날, 설총은 아버지의 소상 옆에서 절을 했다. 그런데 그 소상이 갑자기 돌아다보았다. 그후 지금까지 소상은 여전히 돌아다보는 채로 있다고 한다.

두 세상 부모에게 효도한 김대성

신라 신문왕 때 일이다.

모량리에 사는 가난한 과부 경조에게는 아들 하나가 있었다. 그 아이는 날 때부터 머리가 크고 정수리가 평평해서 마치 성처럼 보였다. 그래서 아이의 이름을 '대성' 이라 했다.

그 어머니는 아들을 어떻게든 잘 키워 보려고 애썼지만, 워낙 가난한 살림이라 갈수록 먹고 살기가 어려워졌다. 생각다 못한 어머니는 부자 복안의 집에 고용살이로 들어갔

• 입적(入寂) : 불교에서 중이 죽는 것을 이른다.

다. 복안은 경조에게 얼마간의 밭을 떼 주어 살림 밑천으로
삼게 했다.

어느 날, 점개라는 스님이 복안의 집에 와서 흥륜사에서
법회를 하니 시주를 하라고 권했다. 복안은 선뜻 베 50필
을 시주했다.

점개는 시주를 받고 축원했다.

"이 댁 양반이 *보시를 좋아하시니 천신이 항상 보살펴
주실 것이오. 하나를 보시하면 그 만 배를 얻어 길이 편안
하고 장수하게 되리다."

施 主
베풀시 주인주
4급 9획 7급 5획

• 보시(布施) : 자비심에서
남에게 재물이나 가르침
을 베푸는 것.

祝　願
빌 축　원할 원
5급 10획　5급 19획

대성이 이 말을 듣고 얼른 어머니께 쫓아가서 말했다.

"제가 문 밖에서 스님이 축원하는 말을 들으니, 하나를 보시하면 그 만 배의 복을 얻는대요. 생각해 보니 우리가 지금 이렇게 가난하게 사는 것도 전생에 좋은 일을 하지 않았기 때문인가 봐요. 지금 또 보시를 안 하면 다음 생에도 가난을 면치 못할 테지요. 주인 어른에게 얻은 그 밭을 시주하여 후생에서 복을 받는 게 어떨까요?"

대성의 어머니는 그 말이 맞다 하고 점개에게 그 밭을 시주했다.

그런 일이 있고 얼마 후 갑자기 대성이 시름시름 앓더니 죽고 말았다. 어머니 경조는 슬픔을 억누르며, 부디 내세에는 좋은 집안에 태어나기를 기원했다.

바로 그날, 그러니까 대성이 죽은 날 밤에 당시 신라의 재상이던 김문량의 집에는 하늘의 소리가 들려왔다.

"모량리의 대성이라는 아이가 지금 그대의 집에 환생하리라."

김문량의 집에서는 깜짝 놀라 사람을 시켜 모량리에 가서 그런 아이가 있는지 알아보았다. 과연 대성이란 아이가 있었는데 바로 그날 죽었다는 것이었다.

그날 김문량의 아내는 임신을 해서, 열 달이 지나자 사내 아이를 낳았다. 아기는 태어날 때부터 왼손을 꼭 쥔 채 펴지 않다가, 일주일이 지나서야 손을 폈다. 손에는 '대성'이란 두 글자가 새겨진 금쪽이 쥐어져 있었다.

문량은 하늘의 계시가 그대로 맞았음을 알고 아이 이름을 대성이라 짓고, 전생의 어머니인 경조를 집으로 데려와 함께 살도록 했다.

前 生
앞전 날생
7급 9획 8급 5획

어느새 대성은 어엿한 대장부가 되었다. 그는 틈만 나면 활을 메고 이 산 저 산을 다니며 사냥을 즐겼다.

어느 날, 토함산에 올라가 곰 한 마리를 잡았다.

곰을 짊어지고 산을 내려오니 산 아래 마을 사람들은 모두 장사라고 칭찬했다. 대성은 마을 사람들과 어울려 그날 밤 거기서 무게 되었다.

그런데 꿈속에서 낮에 죽인 곰이 귀신으로 변하여 나타나서는 원한에 사무친 목소리로 울부짖었다.

"너는 어찌하여 나를 죽였느냐? 나도 너를 잡아먹을 테다!"

대성은 두 손을 모아 용서를 빌었다.

귀신이 말했다.

"네가 잘못했다고 하니 내 한 번은 용서하마. 대신 나를 위해 절을 지어 줄 수 있겠느냐?"

대성은 지어 주겠다고 맹세했다. 꿈을 깨니 요와 이불에 땀이 흥건했다.

대성은 그날로 활을 부러뜨리고 다시는 사냥을 하지 않았다. 그리고 곰을 잡았던 산기슭에 장수사라는 절을 지었다.

이후로 대성은 이승의 부모를 위해서 불국사를 세우고, 또 전생의 부모를 위해 석굴암을 세웠다.

한 몸으로 전생과 후생, 두 세상의 부모에게 효성을 바친 일은 그 옛날에도 없던 일이니, 착한 보시의 영험이라고 할 수밖에 없다.

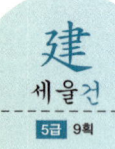

建
세울 건
5급 9획

대성이 불국사를 세울 때 일이다.

석불을 조각하는데 *감실 덮개를 만들기 위해 커다란 돌을 다듬다가 그만 돌이 세 조각으로 쪼개져 버렸다. 행여 이런 일이 생길까 조심을 했는데 보람도 없이 돌이 깨지니 분통이 터졌다.

분을 삭이며 어렴풋이 잠이 든 대성은, 꿈에 천신이 내려

• 감실(龕室) : 사당 안에 신주를 모셔 두는 장.

와 그 감실 덮개를 완성해 놓고 돌아가는 것을 보았다. 잠을 깬 대성이 나가 보니 꿈에서 본 대로 감실 덮개가 완성되어 있는 것이 아닌가.

대성은 곧장 남쪽 고개로 달려 올라가 향나무를 불살라 천신에게 감사의 제를 올렸다. 그때부터 그 고개를 향령이라 부르게 되었다.

1236년 몽골군이 침입해 오자 일연은 문수보살의 계시에 따라 무주암에 머문다. 그곳에서 '현상적인 세계는 줄지 않고 본질적인 세계는 늘지 않는다'는 구절을 궁리하던 중 마침내 깨달음을 얻고, "오늘에야 번뇌로 가득한 중생의 생존 세계가 꿈과 같음을 알았고, 저 대지에 작은 털 끝만큼의 거리낌도 없음을 보았다"라고 했다.

好樂好樂 한자 노트

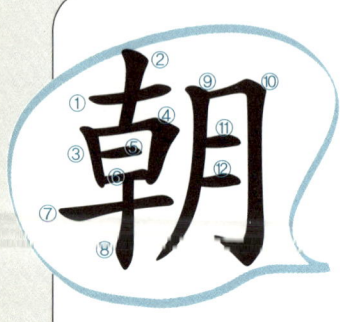

아침조 | 총 12획 | 부수 月 | 6급

해가 돋고 달(月)이 서쪽으로 기우니, 아침이라는 뜻이다.

朝飯(조반) : 아침밥.

朝夕(조석) : 아침과 저녁.

朝野(조야) : 조정과 민간을 통틀어 이름.

朝會(조회) : 학교나 관청 따위에서 모든 구성원이 한자리에 모이는 일.

내가 찾은 사자성어

아침조 명령령 저물모 고칠개

朝 令 暮 改
조 령 모 개

내용 》 '아침에 만든 법이 저녁에 바뀐다'는 뜻으로, 법령을 자꾸 바꿔서 종잡을 수 없을 때 하는 말.

불교의 윤회사상(輪回思想)

생명이 있는 것, 즉 중생은 수레바퀴가 끊임없이 구르는 것과 같이 죽어도 다시 태어나 생이 반복된다고 하는 불교의 사상이다. 이에 따르면, 지금 우리 앞에 있는 파리나 모기 등도 전생에는 인간이었던 것이 바뀌어 태어났는지도 모르며, 또 장차 우리가 저승에서 파리나 모기로 태어날 수도 있다는 것이다. 다음 생에 무엇으로 태어나느냐 하는 것은 우리 자신의 행위와 그 행위의 결과를 합한 업(業)에 따라 결정되는 것이라 한다.

묵을숙 | 총 11획 | 부수 宀 | 5급

집(宀)에 사람(亻)들이 백(百)명씩 묵는다는 뜻이다.

宿所(숙소) : 집을 떠난 사람이 임시로 묵는 장소.

宿食(숙식) : 자고 먹음.

宿題(숙제) : 학생들에게 복습이나 예습을 위해 집에서 하도록 내주는 과제.

合宿(합숙) : 여러 사람이 한곳에서 묵음.

놀며 배우는 파자놀이

아무리 힘들고 어려워도 하나만 더하면 행복해진다. 무슨 글자인가?

≫ 매울 신(辛)이다. 辛에 하나를 뜻하는 一을 더하면 幸(행복할 행)이 된다.

등용문 첫 번째 관문

내용 되짚어 보기

이 책에는 《삼국유사》 중에서도 특히 잘 알려진, 그러면서도 재미있는 내용을 골라 실었다. 그 대강을 살펴보면, 우선 고조선을 세운 단군으로부터 시작하여 해모수왕, 해부루왕, 금와왕, 주몽, 혁거세, 탈해왕, 김수로왕, 그리고 비류와 온조까지 신화적인 성격을 지닌 부여, 고구려, 신라, 가야, 백제의 건국 시조에 관한 이야기를 실었다.

그 다음으로는 김유신, 김춘추 등 삼국통일을 이룬 인물들과 죽지랑, 효종랑 등 화랑, 김제상, 성충 같은 충신들 이야기를 소개했다.

그 밖에도 연오랑과 세오녀, 비형랑과 도화녀, 만파식적,

처용과 역신, 서동과 선화공주 등 민간에 전해 내려오는 설화, 이차돈, 아도, 원효대사, 김대성 등 불교와 승려에 대한 이야기, 또한 어머니를 위해 아들을 땅에 묻으려 한 손순, 눈먼 어머니의 딸 등 효자 효녀에 대한 이야기도 실었다.

《삼국유사》는 고려 충렬왕 때의 고승 일연이 엮은 역사책이다. 일연은 고려 후기 무신의 난 이후 몽골의 억압에 의해 문화적 위기가 닥치자, 당시의 기록과 역사를 정리하여 단군의 고조선으로부터 시작하는 한국고대사의 체계를 세웠다.

특히 고조선에 관한 기록은 우리나라가 반만년의 오랜 역사를 가진 국가라는 근거를 마련해 주었고, 단군신화는 단군을 나라의 시조로 받드는 근거가 되었다. 그 외에도 《삼국유사》에는 많은 설화와 신화가 수록되어 있는데, 특히 향찰로 표기된 '혜성가' 등 14수의 향가는 우리나라 고대 문학사를 연구하는 데 없어서는 안 될 절대적인 가치를 지니고 있다.

또한 《삼국유사》는 당시의 민속이나 옛 어휘, 성씨록, 지명의 기원, 사상, 신앙 및 일화 등을 비문이나 고서를 바탕으로, 혹은 직접 현장을 돌아보고 확인한 것을 모아 놓아 고대의 정치와 사회·문화·생활상 들을 생생하게 보여주고 있다.

　물론《삼국유사》는 김부식의《삼국사기》에 비해 야사(野史)라는 점에서는 밀릴 수밖에 없지만, 김부식이 역사에 대한 유교적 시각과 사대주의 사상으로 빠뜨린 고대의 기록들을 온전히 실었다는 점에서 오히려 가치를 지니며, 그런 의미에서는 정사(正史)인《삼국사기》이상의 가치를 지닌 민족사의 보고라 일컬을 수 있다.

논술로 생각 키우기

1. 《삼국유사》와 《삼국사기》의 가장 큰 차이점은 무엇인지 생각해 보자.

2. 일연이 《삼국유사》를 쓴 결정적인 동기는 무엇인가?

3. 《삼국유사》가 국문학사에서 차지하는 비중이 큰 것은 무엇 때문인가?

4. '웅녀의 아들, 단군' 에서 곰과 호랑이가 먹은 쑥과 마늘은 어떤 역할을 하는지 생각해 보자.

5. '주몽, 알에서 나오다' 에서 유화가 햇빛을 받아 알을 낳았다는 사실은 무엇을 상징하는지 생각해 보자.

6. '혁거세와 알영'에서 우물과 백마가 상징하는 것은 무엇인지 생각해 보자.

7. '하늘과 땅이 살피는 효자'에서 손순은 어머니를 위해 아들을 땅에 묻으려 한다. 그 일에 대해 느끼는 바를 써 보자.

8. 우리나라 고대사에는 유난히 그 시조가 알에서 태어났다는 난생설화가 많다. 그 까닭은 무엇이라고 생각하는지 써 보자.

9. '두 세상 부모에게 효도한 김대성'에서는 김대성이 환생하여 두 세상을 사는 것으로 되어 있다. 불교의 윤회설에 대한 생각을 말해 보자.

한자능력 검정시험 예상문제

다음 한자의 독음을 써라.

1. 圖謀

2. 弄談

3. 監視

4. 變故

5. 好感

다음 한자의 상대 또는 반대되는 한자를 보기에서 골라 써라.

보기	勝 惡 名 後 明 閉 廢

6. 開 – (　　)

7. 先 – (　　)

8. (　　) – 敗

9. 善 – (　　)

10. (　　) – 暗

다음 한자의 훈과 음을 써라.

11. 驚

12. 宿

13. 越   14. 移

15. 傳

다음 한자의 총획수를 써라.

16. 街   17. 朝

18. 野   19. 雲

20. 受

다음 낱말에 맞는 한자를 보기에서 골라 써라.

보기	繼 分 辰 抗 振 擊 激

21. 격려 – (   )勵   22. 진동 – (   )動

23. 친분 – 親(   )   24. 계속 – (   )續

25. 저항 – 抵(   )

다음 (   ) 속 한자어를 한자로 써라.

26. 여기가 바로 한국전쟁 때 (시가전)이 벌어졌던 곳이다.

27. 돌아오는 (휴일)엔 바닷가에 놀러 갈 예정이다.

28. 남을 위한 (봉사)만큼 아름다운 일은 없다.

29. (야구) 선수 이승엽이 또 홈런을 쳤다.

30. 사회생활을 제대로 하려면 무엇보다 (신용)이 있어야 한다.

다음 한자와 소리는 같지만 뜻은 다른 한자를 보기에서 찾아 써라.

보기	値 清 柳 手 新 季 造

31. 治

32. 秀

33. 助

34. 流

35. 信

다 풀었나요?
이제 여러분은 마지막 관문을 통과했습니다.
축하합니다.

〈두 번째 관문〉 논술로 생각 키우기 예시 답안

  1. 《삼국유사》는 일연 한 사람에 의해 쓰여진 야사지만, 《삼국사기》는 김부식을 비롯한 11명의 사관이 쓴 정사다. 그러나 《삼국유사》에는 《삼국사기》와 달리 고조선, 기자 및 위만조선을 비롯하여

가락국 등의 역사가 포함되어 있다. 특히 고조선에 관한 부분은 오늘날 우리로 하여금 반만년의 유구한 역사를 자랑할 수 있고, 단군을 시조로 받드는 배달 민족의 긍지를 갖게 해 주었다.

2. 고려가 몽골에 항복한 이후 민족의 혼을 되살리기 위해 《삼국유사》를 썼다. 일연은 《삼국유사》에서 불교 신앙적 측면을 강조하고 있다. 이것은 팔만대장경을 조판하여 부처의 힘으로 몽골의 침략으로부터 벗어나려 했던 것과 일맥상통한다고 볼 수 있다.

3. 《삼국유사》에는 단군신화를 비롯한 많은 신화와 전설이 수록되어 설화문학의 보고라 할 만하다. 또한 '혜성가' 등 14수의 신라 향가가 실려 있어 《균여전》에 수록된 11수와 함께 현재까지 전하는 향가의 전부를 이루고 있다.

4. 웅녀가 쑥과 마늘을 먹으며 어려움을 견딘 끝에 환웅과 혼인한 것은 고난 극복의 지혜를 소중히 여기는 민족성을 상징한다. 따라서 쑥과 마늘은 곰이 사람이 되는 데, 또한 곰이 가진 동물의 특성을 없애는 데 효험이 있는 주술적 식물이다.

5. 고구려인의 태양 숭배 사상을 상징하며, 주몽이 알에서 태어났다는 것은 하늘의 기운을 받았다는 것을 의미한다.

6. 우물은 물, 백마는 비를 조절하는 기능을 의미한다. 따라서 우물과 백마는 이 부족이 물을 이용하는 농경 생활을 하고 있었다는 것을 상징한다.

7. 자식도 어머니 못지않게 소중한 존재다. 무조건 어머니를 위

해 자식을 희생시키기보다는 산에 가서 나무를 해다 판다든지, 가축을 키워 판다든지 해서 어머니와 아들을 다 함께 살리는 방향으로 궁리하는 것이 바람직하다고 생각한다.

8. 당시 사람들은 알의 둥근 모양 때문에 알이 곧 태양을 상징한다고 보았다. 태양은 곧 하늘과 같다고 생각했다. 즉 알에서 태어났다는 것은 하늘의 자손임을 의미했다. 왕권의 정당성을 주장하여 백성들의 지지를 받아야 했기 때문에 왕을 신성시하는 이런 설화가 탄생한 것으로 보인다.

9. 윤회설이란 생명이 있는 것, 즉 중생은 수레바퀴가 끊임없이 구르는 것과 같이 죽어도 다시 태어나 생이 반복된다고 하는 사상이다. 다음 생에 무엇으로 태어나느냐 하는 것은 우리 자신이 이생에서 한 일에 따라 결정되는 것이라 한다. 그것이 사실이라면, 이 땅에서 좀더 착하게, 조심스럽게 살게 될 것 같다. 다음 생에서 흉한 벌레가 아니라 사람으로 태어나야 하니까.

〈세 번째 관문〉 한자능력 검정시험 예상문제 해답

1. 도모	10. 明	19. 12획	28. 奉仕
2. 농담	11. 놀랄 경	20. 8획	29. 野球
3. 감시	12. 묵을 숙	21. 激	30. 信用
4. 변고	13. 넘을 월	22. 振	31. 値
5. 호감	14. 옮길 이	23. 分	32. 手
6. 閉	15. 전할 전	24. 繼	33. 造
7. 後	16. 12획	25. 抗	34. 柳
8. 勝	17. 12획	26. 市街戰	35. 新
9. 惡	18. 11획	27. 休日	

일석이조, 우리고전 읽기 003

삼국유사

초판 1쇄 인쇄   2007년 12월 20일
초판 1쇄 발행   2007년 12월 27일

지은이_ 일연
글쓴이_ 이경애
펴낸이_ 지윤환
펴낸곳_ 홍신문화사

출판 등록_ 1972년 12월 5일(제6-0620호)
주소_ 서울시 동대문구 용두 2동 730-4(4층)
대표 전화_ (02) 953-0476
팩스_ (02) 953-0605

ISBN 978-89-7055-162-3   03810

ⓒ Hong Shin Publishing Co. Printed in Korea
＊값은 뒤표지에 있습니다.
＊잘못 만들어진 책은 바꾸어 드립니다.